十二生肖寓言故事

姚福初/著

南方日报出版社
NANFANG DAILY PRESS
中国·广州

图书在版编目（CIP）数据

十二生肖寓言故事 / 姚福初编著. -- 广州 : 南方日报出版社, 2017.12
ISBN 978-7-5491-1755-0

Ⅰ. ①十… Ⅱ. ①姚… Ⅲ. ①寓言－作品集－中国－当代 Ⅳ. ①I277.4

中国版本图书馆CIP数据核字(2017)第249031号

SHIER SHENGXIAO YUYAN GUSHI
十二生肖寓言故事

作　　者：姚福初
出版发行：南方日报出版社
地　　址：广州市广州大道中289号
出 版 人：周洪威
责任编辑：陈　静
装帧设计：邓晓童
责任校对：阮昌汉
责任技编：王　兰
经　　销：全国新华书店
印　　刷：广东信源彩色印务有限公司
开　　本：787mm×1092mm　1/32
印　　张：8
字　　数：120千字
版　　次：2017年12月第1版
印　　次：2017年12月第1次印刷
定　　价：42.00元

投稿热线：（020）87373998-0503　读者热线：（020）87373998-0502

网址：http://www.nanfangdaily.com.cn/press　http://www.southcn.com/ebook

十二生肖歌谣

子时属鼠丑属牛，寅虎卯兔跃山头。
辰龙腾飞惊寰宇，巳蛇献瑞展鸿猷。
午时驰骋千里马，未羊衔穗迎申猴。
河清海晏酉鸡舞，戌狗亥猪乐悠悠。

序

时代感和现实性：姚福初寓言的灵魂

李国伟

寓言就像一个电脑晶片，一个杰出的寓言家可以利用它记录一个时代、浓缩一个社会。拉·封丹的《寓言诗》浓缩了17世纪法国的社会生活，冯雪峰的寓言则为20世纪上半叶的中国社会做了形象记录，而时代感和现实性也是姚福初寓言的灵魂。

几十年的基层生活历练，给了姚福初广泛接触社会的机会，使他对社会各阶层各领域都有深入的了解。一方面是耳闻目睹了社会上的种种弊病，并以敏锐的眼光洞悉了人性的陋习，因此姚福初能够用各种题材来进行讽刺、揭露和批判；另一方面则是对生活抱以诚挚的热爱，使他能够发现平常生活中的美并加以赞颂。

针砭现实社会生活中的一些丑陋、丑恶的现象，净化社会，为构建和谐社会尽力量，是姚福初的寓言作品的一个主要特色。

比如姚福初讽刺谁的权力大谁的话就是真理，“在强权面前，想杜绝假话听到真话，真是谈何容易”的《龙王执法》，又如“任用人才，一定要摒弃个人恩怨，丢掉偏见呵！”的《虎王出征》，讽刺社会上选才只重学历、证书，不重实际能力现象的《兔子应聘》等，对当代社会的一些弊端进行了讽喻。

姚福初的作品中，更多的还是通过善与恶来观照世俗众生相。

在那些篇幅不长，情节也不复杂的作品里，我们看到的是那些小动物的可爱或可笑；但我们在那些漫画化的十二生肖动物形象里，却分明看到一幅幅令人忍俊不禁的世俗相。

姚福初生就一双洞察人生世事的慧眼，从生活中汲取灵感和题材，用日常所见所闻建构故事。他往往通过一个简单而有趣的故事，或对社会上形形色色的落后、丑恶现象做辛辣的嘲笑讽刺，或把自己对生活的感悟、理解做精辟揭示，或从知识分子的良知出发，给读者以与人为善的教训。

姚福初是一位宽厚、豁达的人，笔下的寓言也有一股清明、温和的理性气息。特别是他长期致力教育工作，在他的寓言中，时时可见励志和关爱青少年成长的作品。《雄鸡报晓》写了“我坚持了，所以就成功了——事情就这么简单”。《骏马和驽马》则告诉青少年“能受天磨真好汉，不遭人忌是庸才。是金子就终会发光”。

早在人类“人之初”时期，寓言就走进了人类文明之中，像古代希腊罗马寓言、中国先秦寓言。后来的各国寓言，也不乏杰出的大师。可当中国进入现代社会后，寓言尴尬地处于被冷落的地位。说到寓言，大家一般都只想到如《伊索寓言》《拔苗助长》《守株待兔》等这些流传千年的经典。的确，在现代整个文学大局中，寓言有如一个“弃儿”，偏居一隅不为所重。“中国文学史”“中国当代文学史”中，已经很难找到寓言的身影了。

当然，被冷落并不等于不存在。总还是有那么一些新老作家始终不渝地致力于寓言的创作和研究，姚福初就是一例。从1965年开始，刚在德庆县马圩镇斌山中学任教的姚福初就与寓言结缘，至今“衣带渐宽终不悔”。五十多年来，姚福初创作了一千多篇寓言故事。

但是仅仅坚持还是不够的，其实，我们在赞扬姚福初对寓言的坚持和执着的同时，不能忘记他对寓言创新的尝试和探索，比如他将华夏文化代表之一的十二生肖动物作为其寓言的主角和内容，在后期的一些作品中将“猴赛雷”这样的网络用语引入古老的寓言中，无疑是他的一种创新的尝试。

我个人认为，中国的寓言，包括中国的原创儿童文学，要在世界寓言、世界儿童文学、世界儿童文化市场具有强大的竞争力，那还应该像姚福初那样，不断地创新、探索。

（作者系广东省作家协会副主席，国家一级作家、编审，省作家儿童文学委员会主任）

目录

子·鼠

纵然坐上了生肖第一把交椅，
缘何白天不敢出来见阳光？
倘若不痛改偷窃损人的恶习，
注定世世代代不会有好下场！

老鼠的座右铭

子为地支首，鼠乃生肖先。

十二生肖排座次，鼠、牛分别坐了第一、第二把交椅。他们高兴之余，都在寻找自己的奋斗目标和远大理想。

一天，一阵大风把墙上写着“我为人人，人人为我”的标语，吹落在地上，从中间撕成两半。鼠王首先捡到“我为人人”这半张，心里骂道：“呸，傻瓜才这样想！”又拾起“人人为我”这半张，正合心意，如获至宝。于是召集大会，庄严宣布：今后要把“人人为我”作为每只老鼠的座右铭。群鼠狂欢雀跃，山呼万岁。

会上，鼠王慷慨激昂地说：“天帝既然把我们排列为生肖之首，可见老鼠是动物王国中最优秀、最聪明也最伟大的族群，我们应把‘人人为我’作为行动的指南。”臣民们觉得鼠王说的句句金玉，字字良言，于是把座右铭付诸行动。

后来，鼠王又把“我为人人”这半张作为礼物送给牛王。牛王看了大喜，也举行隆重的集会，规定“我为人人”为每头牛的座右铭。

从此老鼠肆意盗窃食物，糟蹋衣料，引起人们的极端憎恨；而牛辛勤耕作，无私奉献，博得人们的一致赞扬。

鼠王为此愤愤不平：人们既然把我们立为十二生肖之首，为什么又说“老鼠过街，人人喊打”？什么时候才会说“老鼠过街，人人欢迎”呢？

鼠王的法典

据说天帝本想让猫坐生肖第一把交椅，不料被老鼠用阴谋手段夺了去，从此猫鼠结下深仇大恨。弱势的老鼠如何应对强大的敌人呢?

鼠年来临之际，鼠国一片欢腾。鼠王在集会上慷慨陈词，臣民高呼万岁。这时，突然使者来报：那凶狠的花猫又叼走了两只小老鼠!

欢庆会变成追悼会。蒙难的是鼠王最疼爱的两个小公主。鼠王悲痛之余，马上召集群鼠商讨对策。一只见多识广的老鼠献计说：“猫们之所以如此横行无忌，是因为我们缺少一部制裁他们的法律！”

于是鼠王制定了一部严惩猫捕杀老鼠的法典，把猫吃鼠定为死罪。

谁知墨迹未干，花猫竟然再次作恶。按照法律，应判极刑，可是谁去执行呢?鼠国法官束手无策，眼睁睁地看着花猫又逮走两只老鼠。

鼠王颓丧极了，感慨道：“看来，即使法典再好，没人敢于执行，那与一纸空文也没有什么区别！”

鼠妈妈教子

鼠妈妈有四个儿子，他们都非常孝顺听话，鼠妈妈十分高兴。一天，鼠妈妈派老大和老二出去觅食，临行前，鼠妈妈叮咛说：“人类古时有句老话说，‘人不为己，天诛地灭’，你们要牢记在心，不得有误！”

老大和老二诺诺地出去了。他们觅食归来，不巧碰到大黑猫，便狂奔到鼠洞躲藏。由于鼠洞太窄，只能容一只老鼠进去，于是老大和老二挤在洞口，你不让我，我不让你，打了起来，结果全被大黑猫抓住，一只也逃不掉。

鼠妈妈听到噩耗，痛哭流涕。当她叫老三和老四外出觅食时，谆谆教导说：“你俩要吸取教训，同胞兄弟，要做到‘先人后己，互相谦让’，任何情况下不得违反！”

老三和老四牢记妈妈的话。他们觅食归来，不幸又碰到大黑猫。他们跑到洞口，老三要让老四先进洞，老四却要让老三先进洞。谦让之际，大黑猫猛扑过来，老三和老四一齐就擒。

鼠妈妈听到儿子惨遭不测，如晴天霹雳，伤心欲绝，她痛苦地说：“天呵，为什么我教子都是失败的？”

从来都是猫捉老鼠，你见过老鼠捉猫吗？世间的事千奇百怪，这是猫连做噩梦也不会想到的……

鼠年伊始，鼠国欢腾，鼠王扬眉吐气。

应鼠王的邀请，非洲鼠前来友好访问。在欢迎会上，鼠王警告猫们别轻举妄动，他说："今天不是老鼠怕猫，而应该是猫怕老鼠了！"

猫们闻讯，大吃一惊。

"简直是荒天下之大唐！"花猫要找鼠王算账，黑猫和白猫苦劝他别冒险，他根本不听。

鼠王只派一只非洲小鼠迎战，花猫冷笑道："我还以为是什么英雄豪杰，原来是一个洋小鬼！""洋小鬼"并不搭腔，只吱吱一叫，花猫便像中了魔法似的，全身发软瘫在地上。鼠王一纵而上，咬断花猫的喉管，花猫气绝身亡。

于是鼠王举办了隆重的猫肉大宴，与臣民一起庆祝欢乐的鼠年。

鼠王首次吃到鲜美的猫肉，笑道："非洲鼠能从嘴里喷出一股气体使猫麻醉，这大傻瓜不知道一般之中有特殊的道理，真是咎由自取呵！"

鼠猫友好协议

鼠王和猫王经过多次谈判，终于达成了一项和平友好协议。协议约法三章：一、老鼠甘愿把生肖第一把交椅转让给猫；二、猫不得捕捉老鼠；三、作为补偿，老鼠每月供应猫十斤肉、八斤鱼。

争夺“生肖权”，这是猫们梦寐以求的理想，何况还是“第一把交椅”，这诱惑太大了！猫王说：“猫的天职就是捉鼠。老鼠干尽坏事，我们哪能坐视不管？为了猫鼠友谊，从今缔结和平友好协议，让我们和睦相处吧！”

鼠王举起酒杯向猫王敬酒：“鼠猫伟大友谊万岁！”

于是猫王下令禁捉老鼠，老鼠按规定供应肉和鱼给猫享用。

从此，猫们过着不劳而获的生活，天天有鱼有肉，每只猫都变成了大胖子。可是，这样的“幸福生活”没过多久，怪病出现了：心脏病、糖尿病、高血压，最要命的是夜视能力迅速下降，不少猫变成“瞎猫”，由“一目了然”变为“睁眼瞎”……

鼠王瞄准机会，立即撕毁协议，发出战斗动员令：“子民们，报仇雪恨的日子到了，把恶猫彻底消灭，以绝后患！”老鼠们每月要向猫进贡鱼和肉，早就憋着一肚子气，于是英勇杀敌，每只老鼠都是战斗英雄。猫王号召子民奋勇抗击，把老鼠的气焰打下去，每只猫都是杀敌勇士……

这场鼠猫大战，异常惨烈，双方死伤无数。说来奇怪，在战斗中吃了鼠肉的瞎猫，怪病立即痊愈。后经科学家多次探索，终于发现了秘密：猫体内缺乏一种“牛黄酸”物质，而猫不能在体内合成，老鼠体内却有丰富的“牛黄酸”。

事后，猫王深有感触地说：“名誉地位，物质享受，几乎让我们丧失前程，损害身心，这教训多么深刻呵！”

而鼠王却有另一番感触，他说：“这不平等的鼠猫协议，让我们受尽屈辱，吃尽苦头，猫，是我们不共戴天的仇敌！”

非洲鼠回国之后，黑猫白猫进行疯狂的报复。亚洲鼠没有非洲鼠“捉猫”的能耐，绝望之际鼠王也拿起了法律武器，率领臣下到天庭告状。

毕竟是鼠年，天帝亲自出庭主持公道。鼠王哭诉道：“人们把鼠列为‘四害’之首，这太不公平了；猫们天天捕杀我们，其罪行罄竹难书……”天帝反问：“谁叫你们偷偷摸摸呢？”

鼠王提议说，既然十二生肖鼠为先，就要把“老鼠过街，人人喊打”改为“老鼠过街，人人欢迎”，并判黑猫白猫死罪，把“四害”改为“四益”……

正说着，把守大门的哼哈二将急来报告：“不好了，王母娘娘送来的蟠桃不见了！”

天帝大惊，忙问是谁干的，哼哈二将说：“还能是谁？还不是那该死的老鼠偷了？”

天帝勃然大怒，正要跟鼠王论罪，鼠王却已不知去向。天帝气愤地说：“这些可恶的老鼠，劣性不改，实在可怜不得，真应该斩尽杀绝！”

鼠勇士杀蛇

人们不是常说“胆小如鼠”吗？为了证明这话是错误的，一只异乎寻常的老鼠经常做出神勇的壮举，他被称为“鼠勇士”。

一天，鼠勇士饥肠辘辘，当时正是隆冬季节，雪地冰天，到处是白茫茫一片。怎么办？肚将军造反可不是闹着玩的。他漫无目的地到处乱窜，希望找到一点残菜剩饭充饥。走啊走，阴差阳错地闯进一个洞穴。突然，一条凶神恶煞的金环蛇横在面前，挡住去路。鼠勇士虽然大胆，竟也被吓得魂飞魄散。

“救命呀，救命！”鼠勇士不由自主地失声喊出这一句懦夫才说的话。他惊魂未定，拔腿就跑，好不容易跑出洞外。

奇怪，那冤家对头怎么不追来呢？强烈的好奇心驱使鼠勇士又折回洞里。仔细一看，那蛇还是僵卧不动。这时，他才想到这蛇是在冬眠。他狠狠地把蛇咬成两截，蛇的五脏六腑爆裂，他美滋滋地饱餐一顿而去。

一连数天，鼠勇士都到蛇洞里吃蛇肉。

蛇洞很大，而且是一个连着一个，里面僵卧着各种各样的大蛇和小蛇。鼠勇士练就一身好气力，他把许多有毒蛇和无毒蛇咬成两段，才报告鼠王。

鼠王大喜，立即率领子民们到蛇洞里享受肥蛇美餐。就这样，老鼠们度过了饥寒交迫的严冬。

鼠勇士立了大功，鼠王封他为“杀蛇英雄”。

寒冬过去了。一天，风和日丽，鼠勇士带领一群老鼠再到蛇洞里享受蛇肉宴。浩浩荡荡的队伍开进去，看到一条又肥又大的银环蛇，鼠勇士正要扑上去，蛇突然吐出血红的舌头，鼠勇士见状，跑得比谁都快……

“我真糊涂，”事后鼠勇士不无懊悔地说，“本想让同胞们再吃一顿蛇肉，哪里想到冬眠的蛇已经苏醒呢。”

鼠博士秀学问

有一只非常喜欢学习的老鼠，他早就听说过，人类之所以有智慧、有知识，是因为他们孜孜不倦地啃书本。于是，他搬到一家图书馆里住下来，偷偷地钻进藏书库，常趁夜深人静，每晚都要吞噬好几本书。有时一部鸿篇巨制，三下五除二就被他啃个精光。天长日久，被他啃掉的书本不计其数……鼠族评学术职称，这只老鼠当之无愧地被评为“鼠博士”。

一天，天帝派麒麟到动物王国选拔专家学者，以编印《智慧动物吉尼斯世界大全》，猴子、狐狸、兔子等高智商动物榜上有名，唯独没有鼠博士的名字，他很不服气，立即毛遂自荐。会上，他指指脑袋，拍拍肚子，滔滔不绝地说：

“天底下谁的学问比得上我？你们真是有眼无珠！我啃过的书何止成千上万，肚子里装的全是学问，古今中外，天文地理，无所不晓！李白、杜甫算是大诗人了吧？老杜也只敢说‘读破万卷书’，我要比他们强一百倍！牛顿、爱因斯坦算是大科学家吧？爱氏只懂得‘相对论’，我则是绝对的大学者！”

动物们相形见绌，都认为“大学者”非鼠博士莫属。这时，突然一名图书馆管理员出现在他面前，愤怒地说：“今天，我终于找到毁坏图书的大凶手了。”她正要操起扫帚打鼠时，天空中飞来一只猫头鹰，笑着说：“大姐莫弄脏了手，等我吞掉他，动物王国的大学者就属于我了！”

鼠博士趁着忙乱，迅速躲进地洞里。

天敌的围猎，人类的捕杀，使群鼠四面楚歌。每次厄运降临，群鼠总是遭殃。但有一只老鼠常能死里逃生，他聪明、谨慎、机智，被称为精明鼠。

一次群鼠蹑手蹑脚窜进粮库，见四周静悄悄的，并无人看管。精明鼠看出有诈，忙劝同胞们撤离。鼠们见了粮食，垂涎欲滴，哪肯离开。精明鼠只得自己逃离。果然，粮库的红灯一亮，群鼠被电脑的超声波打得晕头转向，抱头逃窜，粮库四周突然竖起电网，无数老鼠触电丧命。侥幸逃出来的又落入了“地雷式灭鼠器”，这些现代化器械，几乎使其全军覆灭。但精明鼠是唯一的例外，足见他有先见之明。

群鼠见精明鼠屡次逃过大劫，都愿意跟随他觅食，以保平安。

一天黄昏，精明鼠率队外出觅食，看到不远的海滩上躺着好些新鲜的死鱼。群鼠垂涎三尺，却不敢轻举妄动，恐怕上当受骗，就问精明鼠是否安全。

精明鼠小心谨慎地左闻右嗅，没有异味，茫茫海滩上没有人烟，不会是人类安放的有毒诱饵，就说：“同胞们，放心食用吧！”

于是，精明鼠率先向一条最肥的鱼扑过去，一下子咬住鱼尾巴。正想美美地饱餐一顿时，这鱼突然向上使劲一跃，用尽全身气力，把他拖下海里，张开大口就要吞食他。幸亏一只好心的海鸟见状，奋力相救，帮他捡回一条命。

海鸟对老鼠们说："你们上当了。这种海鱼名叫鲇鱼，最喜欢吃鼠肉。它们往往在黄昏时候到浅滩上装死，引诱贪吃的老鼠上圈套。"

精明鼠在跟鲇鱼搏斗时瞎了一只眼睛，丢掉了一条尾巴，他痛心地说："唉，我精明一世，糊涂一时，差点连命也丢了。"

在生肖群英会上，牛荣获“劳动模范”奖，虎荣获“贤明兽王”奖，龙荣获“降雨英雄”奖，马、狗荣获“无私奉献”奖，兔、蛇等生肖也获得不同的奖项，唯有老鼠什么奖也没有。鼠王认为不公平，一纸诉讼告到了天庭，天帝问鼠们有何德何能，鼠王便申述了下面的故事。

不知何时，鼠国内部出现许多派别，各派因意见分歧发生激烈的争斗，鼠王对此束手无策。鼠族经历了一次大动荡、大分化、大改组的过程。

“我们再也不能偷偷摸摸过日子，而要堂堂正正地生活！”一部分勇敢无畏的鼠，远涉重洋，来到澳洲大草原落户。为适应当地水土，他们把身体锻炼得高大壮实，肚皮上还长出一个育儿的袋子，人们把他们称为“袋鼠”。

“我们再也不能危害社会了，要自食其力，有益于世！”一部分正直善良的鼠，迁到大森林扎寨安家。他们以榛子、松果、树叶为生，美丽的大自然让他们的形貌变得漂亮可爱，人们把他们叫作“松鼠”。

“我们对‘四害’的恶名深恶痛绝，再也不能做损人利己的事了！”一部分勤劳而胆小的鼠，挖掘地洞，转入地下生活，以吃蚯蚓、蜈蚣、蜗牛为生，眼睛逐步退化，而听觉和嗅觉却非常灵敏，人们管他们叫“鼹鼠”。

“我们不能老是在地上爬行，还要学习飞翔的本领！”有些好学苦练的鼠，向鸟儿学习飞行。他们能从这一棵树飞到另一棵树，滑翔四五十米远，他们自称为“鼯鼠”。还有一种称为“睡鼠”的，他们虽学不会飞翔，但遇到敌害会“金蝉脱壳”，把被对手咬住的尾巴的皮整个脱落下来，逃之夭夭。

然而，鼠的绝大多数仍安于现状，我行我素，不思悔改。他们或以偷窃人家粮食为生，被称为“家鼠”；或以劫掠农人庄稼过活，被称为“田鼠”。无论家鼠、田鼠，都是鼠族的大败类。

鼠王看到鼠族的大分化，心中一喜一忧。他喜的是一部分鼠终于脱掉“四害”的帽子，忧的是大部分鼠仍被人们视为祸根。

天帝听了，觉得不无道理，于是授予袋鼠、松鼠等“自食其力”的奖牌，而对家鼠、田鼠等仍持续打击。他高兴地说：“而今连老鼠也懂得一分为二了，这世界进步得多快啊！”

警鼠反恐

一只机灵的老鼠，胸怀大志，趁人不注意，成功地潜藏在游客的行李堆里，居然登上了环游世界的国际客机。他随游客游遍亚、非、欧各大洲，好不快活。

突然轰隆一声巨响，飞机被恐怖分子的炮弹击中，在空中爆炸。游客无一生还。这只老鼠随飞机残骸落到地面，居然死里逃生。他从惊恐中回过神来，拍拍自己的身子，庆幸自己没有伤残。

这只老鼠恨透了恐怖分子，发誓要报仇。他听说当地正在对动物进行警备训练，就报名参加，从此警官称他为警鼠。

警鼠训练有素。有一次他潜进一家大戏院，观众穿上节日的盛装，正在观看舞台上精彩的文艺节目。恐怖分子混在人群里，图谋进行自杀式爆炸。警鼠秘密跟踪，及时地按动警铃，武装警察闻报，把恐怖分子一网打尽。

恐怖分子不甘心，又秘密地在某国的政要人物必经的路上，潜装地雷。警鼠嗅出地雷中的特殊气味，警官根据他脑电波的显著变化，用电脑探测到地雷的准确位置，从而消除了隐患，把恐怖分子缉拿归案。

从此，警鼠成为人类的好朋友。

鼠王走投无路，又干起偷偷摸摸的勾当。

一天，他在营房偷食，冷不防被一条警犬逮住。警犬要处死他，一位警官见他挺机灵，就说：“交给我吧，我要让他做些好事！”警犬虽不相信，但还是很不情愿地把他交给警官处理。

警官让鼠王参加“警鼠培训班”，经过刻苦学习，他居然成了一名训练有素的警鼠。但警犬很厌恶他，恶狠狠地对他说：“有我在，没你的事！”

有一次，警官命令警犬和警鼠到海关侦查案情。警犬凶巴巴的，人见人怕；警鼠比警犬嗅觉更灵敏，而且身体小可到处钻，他潜入人群的行李堆里，搜出一枚定时炸弹，为查出凶犯，立了大功。

又一次，警官命令警鼠组织一支“特别缉毒队”，分别在机场、车站、码头等地侦查。只要闻到毒品气味，他就按动警铃，侦破了不少大案。

警犬心悦诚服，觉得自己在搜炸弹、探地雷、测地震、缉毒等方面的本领远远不如警鼠，他深有感触地说：“真想不到有百害而无一利的老鼠，在特定条件下，也可以化害为利，为人类做出许多贡献！”

丑·牛

吃的是粗草给人的是鲜奶，
干的是重活一生默默做奉献；
世界上有了这样的『大傻』，
生活才更美好百花才更娇艳。

鼠遁春风至，牛携喜气来。

牛把“我为人人”定为座右铭，默默劳作无私奉献，不计较利害得失，他们的精神越发显的可贵。

当初，牛和马都给主人拉车。马跑得快，牛跑得慢，但主人给他们同样的待遇。

“你付出的体力大，贡献多，”牛诚挚地对马说，“因此你应该吃谷，我吃草就行了。”

“这不行。”马再三推辞，“让我们同甘共苦吧。”

牛坚持吃草，把上等谷物让给马，使马体格更强健，跑得更快了。

后来发生了战争。善跑的马驮着将士上前方打仗，牛留在后方耕田，生产粮食。

“谷物是你耕田得来的，”马对牛说，“你吃谷我吃草吧。”

“不，你打仗辛苦，”牛说，“营养不足怎能日行千里？况且，吃草我也早已习惯了，你看，我不是长得膘肥体壮的吗？”

牛用他的辛勤劳动，生产了充足的粮食，保证了前方的供给，使战争取得了辉煌的胜利。牛立下了卓越功勋，主人要给他颁奖。

“还是奖赏马吧，”牛坚辞不受，说，“如果没有马驰骋疆场，冒死战斗，怎能打败敌人，使我们在后方安全生产呢？”

主人感慨良多，深情地说：“踏踏实实，吃苦耐劳，对报酬毫不计较，把名誉让给别人——牛高尚的风格多么让人钦佩呵！”

上台伊始，牛法官就碰到一宗棘手的案件。

早上，公鸡向牛法官报案，说他爱妻母鸡昨夜被杀害，地上留下一些血迹，尸体下落不明，他怀疑这是黄鼠狼或狐狸干的，但却找不到证据。

牛法官下令将嫌疑犯黄鼠狼和狐狸缉拿归案。黄鼠狼和狐狸争执不休，都说这是对方干的，杀害母鸡与自己无关。

为了打赢这场官司，狐狸以重金贿赂牛法官，暗地里送上动物币十万元。牛法官不动声色，钱物照收不拒。狐狸心里暗骂牛法官，但脸上不无得意神情：都说收人钱财，替人消灾，你黄鼠狼敢跟我斗？没门！

黄鼠狼没有贿赂牛法官。

开庭审讯那天，许多动物都赶来观看牛法官审案。只见牛法官把惊堂木一拍，喝道：“狐狸，你杀害了母鸡，还不从实招来！”

狐狸一惊，故作镇静地说：“你说我杀害母鸡，有什么证据？”

“这就是铁的证据！”牛法官说着，把狐狸贿赂自己的十万元动物币摆在案桌上。

“你这贪官，收人钱财还血口喷人，”狐狸骂道，“我要控告你犯了贪赃枉法罪！”

“你放心，这十万元动物币将上缴国库，本官分文不取！”牛法官说完，下令法医分别检测黄鼠狼和狐狸的分泌物和皮毛。结果，从狐狸的粪便里发现了鸡的残留物，狐狸皮毛上也沾有鸡的血迹，而黄鼠狼则未发现异常。狐狸在事实面前低头认罪，被打入死牢。黄鼠狼无罪释放。

观众们在崇敬牛法官公正廉明的同时，特别佩服他的料事如神。牛法官大笑道："我哪能料事如神？狐狸做贼心虚，又想逃避法律的惩罚，所以贿赂收买法官；黄鼠狼过去虽有偷鸡的恶名，但此次未涉案，所以不肯花这冤枉钱。"

动物们恍然大悟。

牛的另类

牛以无私奉献称誉于世，但在牛的大家族中，也有好些稀奇古怪的另类，睡牛就是一个典型。

非洲睡牛是个名副其实的睡觉大王。他吃饱喝足倒头便睡，一天至少睡二十个钟头。他既不耕田种地，也不拉车推磨，一年能长一千多磅肉。

一天，亚洲黄牛到非洲做客，特地来探望睡牛。当看到睡牛胖得像头大肥猪时，十分厌恶。

“你简直玷污了牛的好名声！”黄牛强烈不满地说，“你只懂得‘吃’‘睡’，活在世上什么也不干，太没意思了！”

“这是你的看法。”睡牛得意地说，“我认为吃得好就是幸福，睡得好就是快乐。我过得如此幸福快乐，神仙跟我换我也不干！”

“幸福快乐？”黄牛鄙夷地说，“你等着吧，过不了多久，农人将把你牵到屠宰场——你的命运不会比猪好多少。”

“至于死嘛，”睡牛呵呵大笑道，“世界上谁能避免？贵如皇帝总统，贱如蚁民百姓，也始终难免一死——老实说，我安安乐乐即使活上一天，也远比你辛辛苦苦活上一辈子强！”

黄牛觉得话不投机，便生气地离开了。他叹道：“真想不到光荣的牛家族竟出了如此的败类！”

奶牛的快乐

农人正要给奶牛挤奶，公牛在一旁吃草，忽然有人弹起琴来。面对悠扬的琴声，公牛置若罔闻，唯独奶牛特别兴奋，奶量大增。

“蠢东西！”公牛对奶牛骂道，“你可知道‘对牛弹琴’是什么意思吗？”

“当然知道，”奶牛回答说，“这是讥讽我们不懂音乐，挖苦我们笨拙，对吧？”

“既然这样，”公牛愤愤不平，“为什么还要给农人多产奶？”

奶牛听罢，笑着说：“当然我们并不蠢。事实上我们不但能欣赏音乐，而且太需要音乐了。‘对牛弹琴’这个成语尽管片面偏激，但我们怎能以个人的恩怨，就对人们不做出应有的奉献呢？”

奶牛宽阔的襟怀使公牛肃然起敬，他说：“你说得有道理。听说优美的音乐旋律能刺激奶牛多产奶，这是一门新的科学——声生物学，有这回事吗？”

“的确如此，”奶牛兴奋地说，“‘对牛弹琴’这句话应赋予新的意义了。”

“兄弟阋于墙，外御其侮”是说，兄弟在内部争吵，但能一致抵御外敌的欺辱。

野牛四兄弟膘肥体壮，狮子垂涎欲滴。无奈他们紧密团结，狮子每次进犯皆以惨败告终。

一天，野牛四兄弟发生家庭纠纷。由于粮食分配不公，老大骂老二无能，老二怨老大霸道，老三主张分家，老四死活不肯……他们各执一词，互不相让，最后竟动武打起架来。

狮子闻讯大喜过望，笑道：“这一回，牛肉算吃定了！”趁野牛四兄弟闹得正凶，他先向幼小的老四猛扑过去。三兄弟立即停止内部争吵，一致对外。他们头角对外迅速围成一个圈子，把老四保护起来。

一场血战拉开序幕。只见力能拔山的老大用利角一挑，狮子被甩得老远，重重地摔了个跟斗，老二和老三乘胜向前，用利角戳破狮子的肚皮。四兄弟齐心合力，终于制伏了凶猛的狮子。

受了重伤的狮子狼狈逃窜，说：“你们四兄弟争吵不休，我以为有机可乘，谁知道你们如此团结！”

野牛四兄弟笑道：“你打错算盘了。试问哪家没有矛盾？可大敌当前，我们只能一致对外呵！”

牯牛的命运

一头牯牛，生性异常凶猛好斗。他膘肥腰圆，角似弯镰，寒光闪闪，眼似铜铃，杀气腾腾，身体壮实得有如铁塔。同类见它有如老鼠见猫，再强的对手也常被它抵得头破血流。

一天，主人拉他去犁田。当看到远远有头公牛也在犁田时，他竟挣脱缰绳，像闪电一样直冲过去，直把那头公牛斗得一败涂地，落荒而逃。

主人大怒，骂他是坏牛，是暴徒，是阎罗，是霸王，是恶魔……主人万分无奈，只得把他卖了。

这头牯牛到了新主人家里，好斗禀性变本加厉。他把当地所有的牛斗得焦头烂额，落花流水，牛们简直闻风丧胆。新主人十分高兴，把他进献给皇家斗牛场。场主如获至宝，奖赏他许多金银珠宝。

在皇家斗牛场里，这头牯牛在竞赛中所向无敌，再强的顽敌也斗不过他。

国王大喜，夸他是好牛，是勇士，是硬汉，是豪杰，是英雄………

一天，这头牯牛碰到一位哲人。

“我究竟是‘恶魔’还是‘英雄’？”牯牛问哲人，“我还是我，禀性未变，为什么有人赞我好，有人骂我坏？”

“这要看具体环境和场合，”哲人答道，“‘好’和‘坏’在一定条件下也会互相转化，不能孤立地片面理解。”

母牛的慈悲

母牛正在草地上吃草。

一只牛虻绕着母牛飞舞，“嗡嗡”地唱着牛的赞歌。他甜言蜜语地说：“牛的风格多么高尚啊，吃的是草，挤出的是牛奶，无私奉献，感人至深。今日小弟有幸一睹风采，真是相见恨晚………”

“你究竟想干什么？”母牛不耐烦地说。

“您体格健美，臀肥乳丰，何不奉献一星半点新鲜血液，来证明您名副其实，形象高大？”说着，牛虻一头扎在牛肥嫩的屁股上，将锥子般的尖嘴钉进牛的肉里，疯狂地吮吸鲜血。

这时，只听“哇”的一声惨叫，牛虻被钢鞭般的牛尾巴抽得翅折腿断，跌落地上，痛得龇牙咧嘴，喊爹骂娘。

“魔鬼，一点不讲慈悲！”牛虻咒骂道，“说什么无私奉献，风格高尚，完全是屁话！”

“不错，对待吸血虫，”母牛冷笑道，“我们从来就不讲什么慈悲。”说着，母牛把蹄子轻轻一踏，牛虻肠肚爆裂，一命呜呼。

牛虻至死也不明白，“奉献”“风格”这些闪光的字眼，不适用于坏蛋寄生虫。

月夜，老黄牛邀请蟒蛇欣赏星光音乐会。人们吹拉弹唱，乐曲迷云醉月。老黄牛亦为之欢欣雀跃，不料蟒蛇却悲伤哭泣起来。

“人们如此欢乐，你也应该高兴，”憨厚的老黄牛不解地问蟒蛇，“为啥你伤心垂泪？”

“你瞧那胡琴，它用什么蒙制？”蟒蛇说，“全都是用我们蛇类的皮呵！”

“能用蛇皮蒙制胡琴，这是蛇的光荣，理应高兴，有什么值得唉声叹气的？”老黄牛问。

“想不到蛇死后还不得安宁，还得为人服务，怎不教我格外伤心呵！”蟒蛇说着又哭起来。

老黄牛听了，方知蟒蛇的心事。他呵呵大笑道：“我的看法跟你相反。我活着想的是为农人耕田种地，死后还希望皮能制成鞋、绷成鼓，实现自我价值。这难道不值得自豪快乐吗？”

蟒蛇听了，羞得无地自容。

水牛淡泊明志

山边有一条小河，水流湍急，阻断两岸交通。兔子、松鼠、小猴、小羊等许多小动物，想上山却过不了河。水牛见状，就主动驮他们过去与回来。他任劳任怨，不管风吹雨打，不管酷暑严寒，就像一艘活的小舟，来往穿梭于小河两岸之间。

水牛助人为乐的精神天下颂扬，就连虎王也说："水牛的先进事迹太动人了！"

为了树样板学先进，年终评奖时，大伙儿一致推荐水牛为劳模。虎王也欣然同意。

但水牛并没有满足于已往的成绩。他历尽千辛万苦，搬来巨石砌成桥墩，又运来大树做成桥梁，一座安全方便的木桥终于造好了。小动物们蹦蹦跳跳，来来往往，好不快活。水牛看到此情此景，心里就甭提有多高兴了。

一年一度的先进评选又开始了，谁知水牛却落选了。小动物们十分难过，他们纷纷质问虎王。但虎王却直摇头，说："水牛过去背你们过河，现在已不再背你们过河了，他怎能还当模范呢？"

出乎动物们意料的是，水牛却处之泰然。他对名誉地位向来非常淡泊，常说："做点好事是应该的嘛，怎能把这作为追名逐利的本钱呢？"

动物们听了，对水牛愈加崇敬。

家牛的理想

有一头家养的牛，身强体壮，相貌堂堂。他素来抱负不凡，胸怀大志，很想做出骄人的业绩来。

在动物奥运会长跑比赛中，他多想夺取金牌，但金牌却被豹子和梅花鹿夺走，他连铜牌也捞不到一块。

家牛想当演员做明星，但在马戏团中出尽风头的却是猴子、骏马和狮虎，甚至蠢笨的狗熊也频频亮相，他的明星梦终于破灭。

他发疯都想当一名战斗英雄，像千里马一样，在沙场上叱咤风云，流芳百世。但是，人们却说他不是打仗的料子。

家牛壮志未酬，就跑去问造物主。

“造物主呵，我真不明白，”家牛叹气道，“您给予我的体力、智力和能力都不差，为什么我的理想总是落空？”

造物主注视着套在牛鼻子上的缰绳，意味深长地说：

“因为你总被人牵着鼻子！”

家牛终于明白，缺乏独立自主的精神，是干不了大事的。

光阴似箭。新世纪牛魔王在天国闲得慌，对妻子铁扇公主说：“牛年到了，我想到人间散散心。”妻子说：“速去速回，别招惹是非。”临别时她不忘把看家宝贝芭蕉扇递给丈夫。

牛魔王骑着金睛兽，先回老巢翠云山芭蕉洞转了转，见旧貌换新颜，心中自然高兴；又到西域火焰山逛了逛，见旧址已建成名胜风景区，游客如潮，更是感慨万千。他看望过往昔的亲友后，便跟牛族的乡亲父老欢度节日。

酒过三巡，忽见东方上空烧红半边天。牛兄弟们说：“糟了，准是山林失火。”牛魔王二话不说，立即骑着金眼兽往火灾方向奔驰。走近一看，原来是孙悟空办的“花果山实业有限公司”失火。他马上从口中吐出杨叶似的小芭蕉扇，说声“变”，小芭蕉扇立即变成铜锣那么大。此扇真灵，一扇生风，二扇灭火，三扇下雨。牛魔王见火完全熄灭了，才安心地回到原座继续与牛兄弟们饮酒作乐。

“我说牛哥，”黄牛问道，“孙悟空不是您的宿敌吗？他当年要过火焰山，曾经三窃芭蕉扇，使您和大嫂受尽奇耻大辱，旧仇新恨，您难道忘记了？”

“话可不能这样讲，”水牛插话说，“牛哥救火也不全是为孙悟空，主要还是为了万千的猴子。他是以大局为重，义气为重，团结为重。”

“对，彼一时此一时也。”牛魔王笑道，“我到人间拾到两句诗：‘历尽劫波兄弟在，相逢一笑泯恩仇。’只有这样，社会才能和谐。”

牛魔王不计既往，乐于助人的事迹传遍五湖四海。

牛魔王惦记爱妻，本想速回天国，无奈牛兄弟们情深义重，苦苦挽留，只得住下。他是闲不住的，办公司赚了钱，后来炒股，成为西方股市巨无霸，资产不下几百亿。有了钱，身边总围着一班美女。他不为色动，只聘了一名女秘书，叫白小姐。白小姐才貌双全，擅长公关，理财业务主要靠她。他们的关系也非同一般了。

铁扇公主久等丈夫不回，就派了丫鬟下凡打探消息。丫鬟汇报说他迷上了白小姐。铁扇公主大惊，说："丈夫性命休矣！"丫鬟问何故，铁扇公主说："这白小姐就是当年住在白虎岭古洞里的白骨精。往日她吃不到唐僧肉，今天必想吃魔牛肉。夫君修炼几千年，吃他一块肉同吃一块唐僧肉一样，可让她'白骨生肉，长生不死'。"铁扇公主料想自己不是白骨精的对手，听说丈夫曾帮助孙悟空灭火，就修书一封，请孙悟空搭救丈夫。丫鬟在花果山实业有限公司找到孙悟空，立即把信函交给他。

孙悟空读了铁扇公主的信，知悉来意，觉得此事刻不容缓，就火速带着丫鬟到处寻找牛魔王。为不暴露身份，他们化作鸟儿到处飞。费尽千辛万苦，终于在一座酒店里发现一头被锁在铁笼里的大白牛。孙悟空心知肚明，这正是牛魔王现出的本相。孙悟空对他耳语几句，并从他口中取出芭蕉扇。原来白骨精当晚把牛魔王灌醉，令小妖们五花大绑地把他捆紧，待午夜吉时宰杀。

吉时到了，只见走来一个面目狰狞的妖怪，露出白牙，哈哈大笑道："看清楚吧，牛魔王！为吃到你的肉，我可花了多少心血啊！"她手持屠刀，吩咐小妖们动手。孙悟空怒不可遏，立即现出原形，高叫道："且慢！白骨精，认得我老孙吗？"说时迟，那时快，白骨精挥舞屠刀扑向孙悟空，孙悟空对着白骨精的脸用力一扇，霎时间吹起一阵狂风，把白骨精吹到十万八千里外……

孙悟空跟踪追杀白骨精，但连影子也找不到，只得回头救出牛魔王。

牛魔王对孙悟空千恩万谢。孙悟空说："别说客气话。你救了我的花果山实业有限公司，我还未向你道谢呢——你爱妻等你好久了，快回家团聚吧。"

牛魔王向孙悟空说了声"拜拜"——这是他在人间学到的时髦话，并互道保重，就分手了。

据说，牛魔王和孙悟空这对宿敌冤家，从此成为亲密的战友，好汉惜好汉，一时传为佳话。

寅·虎

在山林中作威作福凶神恶煞，
凭借武力对百兽称王称霸，
为何偏被人囚在铁栏栅内？
只因为缺少一个聪明的脑瓜。

老虎竞争兽王

一年春作首，百兽虎为王。

老虎是怎样当上兽王的？传说太古时代，动物世界处于无政府状态。天帝派神兽麒麟下凡，物色兽王。经过长期观察研究，麒麟选派狮子为“森林大王”，以镇守西方；见老虎额头上镶嵌着一个“王”字，而且体格魁梧，相貌堂堂，四肢强健，勇猛机敏，他建议封老虎为“百兽之王”，以管辖东方。

西方对狮王没有异议；而在东方，反应十分强烈。

豺第一个跳出来反对。他说：“俗话说‘豺狼虎豹’，四强中我老豺该坐第一把交椅。虎老三这小子，有啥资格可当百兽之王？轮到我也轮不到他！”

“豺兄的话对极了，”狼接过话茬说，“我狼某排行老二，该我做王也轮不到虎老三。再说老三做事主观武断，恐怕百兽也难通过。”

“豺狼二兄说得对，”豹也沉不住气了，说，“我虽排行老四，可能力并不比虎老三差。老虎有啥了不起？讲力气，他比不上硕大无朋的大象；论智慧，他比不上机警多谋的狐狸；论资排辈嘛，我老豹排行老四，外号叫金钱豹，富可敌国，可千万别忘记，虎老三只是个家徒四壁的穷光蛋，他也能当大王吗？所以，从各方面条件来看，他都不宜做王。”

麒麟觉得这些意见不无道理，郑重宣布说：公平竞争，民主选举，谁的能力最强、贡献最大，就选谁做王。

豺狼虎豹一致同意。

麒麟命令他们：两天内上交猎物。

第二天，豺交来一只兔，狼交来一只羊，豹交来一头鹿，而老虎，则交来牛一头，猪、兔、羊、鹿各一只。这些猎物，足够豺狼虎豹吃十天。

最后，麒麟召开百兽代表大会，民主投票选举，老虎得票是百分之百，豺、狼、豹得票为零。

从此，百兽心悦诚服，对虎俯首称臣。

虎王上台伊始，内忧外患，寝食难安。豺、狼、豹等对兽王宝座心存觊觎，常联合在一起，图谋推翻虎王的统治；西方狮王认为东方虎王是个威胁，扬言要攻打虎王。对此，虎王忧心忡忡。

谋臣狐狸献计说："陛下勿忧。听说猫身怀绝技，武艺超群，若把他的本领学到手，陛下将无敌于天下。"虎王大喜，速令狐狸带上厚礼，高薪聘请猫为武艺教练。

猫果然名不虚传，十八般武艺，件件精通。虎王虚心拜猫为师，态度十分虔诚。猫毫不保留地把扑、跳、抓、扫、咬等武术传授给虎王，虎王学得非常认真，进步很快。

九九八十一天过去了。虎王自以为已经学到猫的看家本领，可以出师毕业了。这时狐狸诡秘地说："别留下祸患。"虎王心领神会，暗想如果猫同样把他的武艺教给豺、狼、豹和狮王等对手，那怎么得了，我老虎还能称王称霸吗?

一天，虎王请猫老师到山林品尝山珍海味。猫对虎王的异常举动早有警戒。酒过三巡，虎王乘醉向猫猛扑过去，想趁机吃掉猫。岂料猫纵身一跃，飞身爬上了一棵大树。

"我喝醉失态了，抱歉，抱歉！"虎王笑着赔罪，"可是，您还没有教我爬树，您怎么能留下这一手绝技不教会我呢？"

"假如我教会你爬树，我的小命还在吗？"猫冷笑道，“你的所作所为，我早已看透了！”随着“失陪”一声，猫跃向另一棵大树，霎时不知去向。

虎王怅然若失，臭骂狐狸出此下策。狐狸说：“不过请陛下放心，猫得此教训，再不会向对手们传授武艺了。”

虎王拜师学武之后，天下无敌，豺、狼、豹闻风丧胆，狮王也不敢轻举妄动了。

起初，狮虎二王尚能够和平共处；后来，狮王不断侵犯虎王。虎王忍无可忍，被迫率领队伍出征。

虎王任用豺为左将军，狼为右将军，豹为总督。他要物色一名军师，有人推荐狐狸，虎王说："不可，这小滑头在'狐假虎威'中使我受愚弄，出尽洋相。"于是他任用驴子为军师，说："驴子听话，诚实，可靠。"

结果，尽管虎王队伍强大，作战英勇，可是由于驴军师出错点子，出师不利，损失惨重。

第二次出征，虎王吸取教训，不计前嫌，任用足智多谋的狐狸为军师。他还认为应该摸清敌情，物色一名侦察员，担负侦察、通信的任务。有人力荐兔子，虎王说："不妥，这小子在龟兔赛跑中败北。"于是他任用乌龟当侦察员，说："乌龟做事踏实、稳重，我信得过。"

这一次败得更惨。乌龟谎报敌情，贻误战机，倒帮了敌方一个大忙。

虎王痛定思痛，毅然罢免乌龟，任用机敏善跑的兔子负责侦察和通信。

第三次出征，虎王取得了辉煌的胜利，把狮王的队伍打得落花流水。虎王感慨万千，说："任用人才，一定要摒弃个人恩怨，丢掉偏见呵！"

虎王组阁，要物色一名宰相。他召开百兽代表会议，广泛征求臣民的意见。

黄鼠狼说："陛下，究竟谁当宰相我也没有考虑清楚，但千万不能选择狐狸。《狐假虎威》的故事天下流传，使您的名誉受到损害，您不能不慎重考虑啊。"

兔子说："黄鼠狼的意见值得考虑。狐狸诡计多端，声名狼藉，不能再上他的当了。"

灰狼说："我也不同意狐狸当宰相，这家伙不但欺骗大王，我也不时中他的圈套……"

然而虎王吸取出征时不用狐狸、错用驴子做军师招致失败的教训，力排众议，还是选择狐狸当宰相。百兽百思不得其解，议论纷纷。

虎王笑着说："你们考虑问题都是为了一己之私，我考虑的则是大局。为了动物王国的根本利益和繁荣兴旺，我们应摒弃个人的恩恩怨怨啊。不错，狐狸是有这样那样的缺点，但金无足赤，人无完人。我们难道不能宽容一点，充分发挥他的聪明智慧为王国出一把力吗？"

虎王的一番话，说得百兽心服口服。事后百兽才明白：原来黄鼠狼偷鸡常跟狐狸发生矛盾；兔子曾被狐狸伤害过；灰狼有觊觎宰相的野心……他们各怀私心，当然不会说狐狸的好话。

虎王座次之争

十二生肖排座次，鼠、牛均排在虎的前面，老虎气得七窍生烟，寝食不安。

“哼，那尖嘴小丑算老几？我屙一泡尿也能浸死他！那两只角的大傻，也是我的手下败将！”老虎破口大骂，“不坐第一把交椅，誓不罢休！”

“大王休得烦恼。”谋臣狐狸献计道，“您设法把鼠王抓来，迫他交权，生肖座次让您坐第一，如果他不肯让贤，干脆杀掉他。”

虎王悬赏一百万动物币通缉鼠王。

第二天，花猫把鼠王递交虎王处理。虎王一见，吹须瞪眼，厉声喝道：“呔！你也胆大包天了，竟敢窃取生肖的第一把交椅，你想要名还是要命？”

“大王饶命！”鼠王跪在地上禀告道，“皆因大王与小鼠皆姓老，天帝排生肖座次时，原来大王排第一小鼠第三，他一时眼花糊涂，第一把交椅错把‘虎’字写成‘鼠’字——并非我有野心！”

“哪你打算怎么办？”

“禀告天帝重新更正便行了。”

虎王见鼠王说得在理，便打算明天与鼠王一起上天庭让天帝更正。

真是天有不测风云。当天晚上，虎王竟阴差阳错地跌进了猎人设置的大网里。虎王挣扎着喊救命。可是百兽见了，个个束手无策。过去曾跟老虎争王位的豺、狼和豹们，不干不净地咒骂“魔君”“报应”“死有余辜”，恨不得虎王死了，他们取而代之。

鼠王一声不响，召集一班鼠民，你一口我一口地，用尖利的牙齿咬断粗大的绳索，把虎王救了出来。

虎王感激涕零，对救命恩人说：“爱卿，那生肖座次的事，不提也罢。”

眼看弱势群体受害案件一天天增多，弱小动物一天天减少，濒临绝灭的厄运，虎王忧心忡忡，再也坐不住了。

他当机立断，颁布了一道庄严的禁令：今后，凡肉食百兽一律改为吃素，严禁食肉，违犯者严惩不贷。

羊、兔、鹿、牛、马等草食动物，听到禁令奔走相告，欢呼雀跃，高喊“万岁”；可是，他们高兴得太早了，只见熊、豹、豺、狼、狗等肉食动物，依然故我，照样大鱼大肉，个个长得腰圆体壮，大腹便便，活像大肥猪似的。

虎王大怒，急忙召见狐狸宰相，厉声质问道：“禁令已颁布多年，为什么有禁不止，有令不行？”

狐狸宰相寻思良久，欲言又止，他吞吞吐吐地说：“我有句话不知该不该说，说出来又怕会得罪人……”

虎王决心对违令者问罪，他鼓励狐狸：“说吧，不管是谁——法律面前人人平等嘛。”

狐狸终于鼓足勇气，冒着犯上欺君之罪，一语道出真情：“陛下，您每天都要吃掉几个生灵。大家有恃无恐，纷纷说，‘上梁不正下梁歪’，法令制订得再好，也不过是一纸空文呵！”

虎王听罢，陷入深思。

不知从什么地方，虎王弄到了一台神奇的测谎仪。这玩意儿非常灵验，无论谁说什么，是真是假一测便知。虎王好奇地对宰相狐狸、总督黑熊、大将军灰狼、财政大臣金钱豹等进行测试，天哪，他们说的竟通通是谎话、假话、空话和屁话！受骗的感觉使虎王怒火中烧，他决定严惩。

不料第二天，狐狸等一群文武大臣递上一纸辞呈，要求集体辞职。虎王大惑不解，哭笑不得。

“这些年来，我知道自己对陛下说的都是谎话，”狐狸战战兢兢地说，“这是欺君之罪呵，望陛下饶恕，放我回归山林吧。但是……”

“但是什么？快说！”虎王气急败坏。

“这话我可不敢说。”狐狸诚惶诚恐。

“本王恕你无罪。”虎王急不可待。

“群臣尽说谎话，但是陛下说的话也不真呵。例如您开口即说‘民主’‘自由’‘博爱’，实际是‘独裁’‘霸道’‘凶残’……上行下效，于是举国上下，假话成风，这也就不足为奇了。”

虎王听了，暴跳如雷。然而细心一想，狐狸说的也不无道理。平日自己说的尽是骗人的鬼话，又怎能要求臣民都说真话呢？

于是虎王解嘲地说：“都怪测谎仪这劳什子不好。天下本无事，庸人自扰之。今后规定，百兽王国不得使用测谎仪，违者格杀勿论。”

一场风波复归宁静。

虎王的寿礼

在祝贺虎王二十寿诞时，百兽送来了珍贵的贺礼，其中兔子送来据说能延年益寿的人参，羚羊送来据说能壮阳补肾的冬虫草，狗熊送来据说能返老还童的蜂王浆……宴席上，千岁寿星乌龟还介绍了他的长寿秘诀，虎王听得津津有味。

“不用听老乌龟乱吹了，”狐狸急匆匆地走来，“我送大王三个仙桃……”

“什么先逃后逃？”虎王不耐烦起来。

“是神仙的仙桃，”狐狸说，“天上的太上老君见我一生行善，特意送我三个仙桃。吃一个，能长命千岁；吃两个，能万寿无疆；吃三个，能与天地同寿。”

“太好了，我封你为副大王。”

“我自己舍不得吃，送给大王作为寿礼。”

说时迟，那时快，狐狸的话音刚落，猴子便以迅雷不及掩耳的速度抢过三个桃子，飞一般跑了。

虎王大怒，急派灰狼去追。待追到猴子，哪里还有桃子？这三个桃子早被猴子吞了。

“我要把你碎尸万段！”虎王下令狼、豹行刑。

只见猴子哈哈大笑，一点也不害怕。

“你死到临头，还笑？”狐狸愤愤地说。

“我能与天地同寿了，”猴子说，“三个仙桃我全吃了，虎王再也杀不死我了。”

虎王顿悟，方知上了狐狸的当，他喝令刽子

手释放猴子，对狐狸说："你说清楚，这仙桃到底是真的还是假的？"

狐狸不得不说出真相：这三个桃子是他在路边的桃树上摘的，并不是什么仙桃。

骗局，往往不堪一击。

虎王算命

虎王老了，百病缠身，尽管服尽天下名贵滋补药品，可是效果甚微。他最关心的是自己的寿命，因此请来许多算命先生，劈头就问：“给我算算命，我还能活多久？”

“陛下，您平日积德行善，”老狼说，“有神灵保佑，活个一千八百岁不成问题。”虎王一高兴，赏给老狼一百元动物币。

“陛下，您是佛祖降世，”老熊说，“放心吧，定能活到一万岁。”虎王高兴极了，赏给老熊一千元动物币。

“陛下，您是天上星宿下凡，”狐狸说，“一定能够与天地同寿，与日月齐光。”虎王太高兴了，赏给狐狸一万元动物币。

驴子看到虎王气息奄奄，老态龙钟，说：“陛下，您身患高血压、心脏病、糖尿病，要节食减肥适当运动，不然，会成为短命鬼！”

虎王勃然大怒，喝令刽子手：“拉出去碎尸万段！”

驴子临死前还是不明白，说：“唉，这世界颠倒了，说假话的吃香受奖赏，说真话的倒霉受刑罚！”

小虎子的胆略

十万大山下有一条魔鬼峡谷，数丈宽，下面激流汹涌，深不可测，如果摔下去，恐怕连尸首也难寻觅，更不要说活命了。

一天，虎王对群臣和小虎子说："我老了，需要挑选一名继承者。谁跳得过魔鬼峡谷，谁就可以做百兽之王。"

群臣们记得：当年虎王曾率领百兽进行跳峡谷比赛，结果只有他跳得过去，即便现在腿脚不灵便了，这纪录还一直保持着。

骐骥、云豹等跃跃欲试，但没跳过去。

小虎子如一道闪电，飞也似的跃过魔鬼峡谷。这举动，如平地一声雷，把围观的百兽都惊呆了。

虎王非常高兴，立即召开隆重的集会，把王冠郑重地交给小虎子。

小虎子说自己不配继承王位。

"为什么？"虎王惊奇地问。

"能跳过魔鬼峡谷的，决不止我一个人，"小虎子说，"在这之前，我就亲眼看见骐骥、云豹等跳过去过，可是他们不敢超过你。"

"所以，我就更应该让你继承王位。没有超乎寻常的胆识，怎能承担兽王这个重担？"

金钱豹下海经商成为亿万富翁，老虎对他不无羡慕嫉妒恨。狐狸见老虎发财心切，笑道：“大王，凭着您的名气，要想腰缠万贯其实易如反掌。”

“我能干什么呀？”老虎怀疑自己不是经商的料。

“卖药呗。”狐狸献计道，“时下人们的生活越来越好，可患风湿病的人越来越多。您卖虎骨酒嘛——这是专治风湿关节痛的良药。”

“我哪里去弄虎骨呀？”老虎心动了。

“谁叫您用真虎骨？您可以用牛骨、猪骨和羊骨代替……”狐狸如此这般地教老虎作假。

说干就干。老虎用猪、牛、羊的骨头浸酒，酒瓶上贴着“名牌正宗虎骨酒”商标，并写着“真材实料，如假包换”字样。

这一招真灵，因为谁也不会怀疑老虎弄虚作假。病患疯狂抢购，药品供不应求。更不可思议的是，病患用药之后，风湿关节痛竟然奇迹般地痊愈了。

老虎一夜之间发了大财。

可是好景不长。后来经专家鉴定，这药酒用的不是虎骨，酒也是劣等品。这一消息在报纸电视上披露之后，顾客大喊上当受骗，原已病愈的风湿关节痛又复发了。

为此，老虎必须赔偿顾客一切经济损失，一夜之间，他又沦为穷光蛋。

老虎狼狈不堪，斯文扫地。为了挽回名誉和经济损失，他突然想起古代“壮士断臂”的故事，忍痛把自己的两条前腿锯掉，把真正的虎骨放进上等酒里浸泡……

但令老虎百思不得其解的是，这真虎骨优质酒，人们也说是假的；甚至亲眼看到老虎锯腿取骨的人也说，这是老虎作秀，万勿再次上当。

老虎困惑了，他想人们真怪，只是一味迷信权威，当我用假货时，他们也相信这是真的；而一旦真相暴露，我再用真货，他们倒怀疑这是假的了。

老虎大骂狐狸出此诡计，使他身败名裂。他呼唤狐狸，可这鬼精灵却已逃得不知去向。他只得用两条后腿一瘸一拐地逃回山林。

正是：假作真时真亦假，无为有时有还无。《红楼梦》这副名联，说的一点不错。

虎打『武松』

在某动物园里，饲养员常跟他驯养的老虎争论人与虎谁更强的问题。为了刹住虎威，饲养员放映了《武松打虎》的电影片。

“你别傲气了，”饲养员指着被打倒在地的猛虎，“你看你窝囊的先祖，被我们勇敢的先人几拳就制服了。”

“对武松这样的英雄我由衷地钦佩，”老虎答道，“但影片是你们演的拍的，反正吹牛不交税，你们爱怎么吹就怎么吹吧！”

后来这只老虎被放归大自然，他获得自由后常到处游荡。一天，他发现一个新开辟的旅游风景区内，不少人围着一只老虎照相。他细心观察，哦，原来是只假虎！他感到好笑：假虎有什么好玩的，让我当一回模特儿吧，大家乐一乐，这才过瘾呢。

这天夜晚，老虎趁人们熟睡之际，偷偷地将假虎藏起来，天亮前他站在假虎原来的位置上，一动不动地恭候游客们的光临。

早上，游客陆续来了。真巧，第一个来的就是当年熟识的饲养员。只见他穿着武松的服装，抡着一条棍棒，面对不断闪光的照相机，威武地迎着老虎的额头就是一拳。老虎虽感到头皮有点发麻，但不动声色；接着是第二拳、第三拳，老虎才感到有点痛痒，于是不由自主地举起前爪，把他捉住，轻轻地打了一掌以示反击。

“救命呀，救命！”饲养员想不到这是真老

虎，吓得魂飞魄散，游客霎时逃光，照相师傅忙打110报警。

“别怕，我不会伤害你，”老虎笑着说，“都是老朋友了，还认得我吧！”

饲养员盯着老虎出了一身冷汗。

“哈哈，原来是老朋友，你的恶作剧也搞得太离谱了吧。”饲养员问道，“为什么不回到深山去，难道你还留恋当年动物园的生活吗？”

“我走上门来，是想告诉你，”老虎说，“就凭你刚才那样的拳脚，恐怕这不是‘武松’打虎，而是虎打‘武松’了。”

老虎说完，未等警员的到来，就对饲养员说了声“拜拜，后会有期”，飞快地遁入山林。

卯·兔

在弱肉强食的世界是个弱者，
为了自卫练就一身快跑本领。
「狡兔三窟」难道也有过错？
从不欺凌弱小只为生存竞争。

足智多谋的兔子

虎去雄风在，兔来喜气浓。

读了下面的故事，在动物王国中，兔子和狐狸究竟谁更聪明，就不言而喻了。

兔子外出觅食，被三只狐狸追逐。他像箭一般钻进自己的洞穴里躲避。狐狸们早就听过“狡兔三窟”的说法，于是红狐狸把守东门，黄狐狸把守西门，灰狐狸把守北门，把兔子围困得像铁桶一般严实。

狐狸们不相信自己的智商会低于兔子，于是轮番对着洞中大喊：“兔子你跑不了啦，你的‘三窟’都被包围了，还是自己乖乖走出来吧。”兔子听了暗笑：你们的“恐吓术”，傻瓜才会听!

守了半天，不见动静。狐狸们饿坏了，兔子却在洞穴里享受着贮藏的美味。于是狐狸决定采取最毒辣的一着：用水灌、用烟熏……

兔子早就识穿了狐狸的阴谋，在他们动手之前，灵机一动，心生一计：他走到红狐狸把守的东门，就像真的被狐狸抓住了一样，不断地发出绝望而凄厉的惨叫声。

西门的黄狐狸和北门的灰狐狸听到兔子的惨叫，疑心东门的红狐狸已抓住了兔子独自享用，就不管三七二十一地飞奔过来，质问红狐狸：“兔子呢？别自己独吞！”红狐狸莫名其妙，大呼冤枉。待他们省悟上了兔子大当时，又飞速跑回原地把守——可是哪里还有兔子的影子，兔子早已趁机从西门跑了出来，躲到安全而隐蔽的地方去了。

《森林报》记者喜鹊采访兔子，问他是怎样和狡猾的狐狸斗智斗勇的，兔子谦虚地说："我不过是利用他们互不信任和贪婪的本性，采取声东击西的战术罢了。"

兔子的红眼病

兔子长得蛮漂亮的，人见人爱。只可惜，月亮似的粉面上生就一双红眼睛，这是怎么回事？唉，说来话就长了……

从前，兔子的眼睛又黑又亮，可爱极了。

后来，狐狸当上虎王的宰相，兔子又羡又妒，热血猛往脑门上喷涌，眼睛便变红了。直到虎王识破了“狐假虎威”的伎俩，罢了狐狸的官，兔子心里才平衡点。他眉开眼笑，手舞足蹈，嘴唇都笑豁了，红眼病也不治而愈。

不久，金钱豹经商发了大财，富甲天下。兔子妒忌得寝食不安，红眼病又复发了。直到虎王查出金钱豹经营假冒伪劣商品，牟取暴利，并因此罚了款，判了罪，坐了牢，兔子才心花怒放，拍手称快，红眼病又很快康复。

最后，龟兔赛跑，兔子轻敌睡觉而让乌龟夺了金牌，他又哭得眼睛红肿。更可恨的是那该死的寓言大师伊索还把此事写成书，流传千古。兔子妒恨交加愤愤不平，红眼病越发严重了……

兔子的红眼病成为顽疾，久患不愈，只得去看山羊医生。山羊医生分析病因，详加诊察，无奈地苦笑说：“要根治这红眼病，说难，的确比登天还难；说易，其实比吹糠见米还易……”

“你这是什么意思？”兔子疑惑地问道。

“因为这是心病，”山羊医生回答说，“唯一的处方，就是让伊索先生改写历史，或者让全世界倒霉，只你一己幸运！”兔子一听，傻眼了。

兔子患红眼病是“咎由自取”，谁叫他太会羡慕嫉妒恨呢？

兔子以敌为师

兔子在某些问题上有远见卓识，他善于向凶恶的敌人学习，拜狡诈的敌人为师，练就一套“适者生存”的本领。

兔子跑得特别快，又善于跳跃。有一次，他被老虎追至山谷，眼看走投无路，只见他躬着身子，后腿在地上使劲一弹，“呼”的一声蹿上山坡，像飞起一团白雪，霎时躲进丛林里，无踪无影，老虎徒叹奈何。

兔子机警敏捷，聪明伶俐。又一次，他与饿狼狭路相逢。饿狼猛扑过去，只见他左冲右突，连蹦带跳，竟神不知鬼不觉地钻进了山洞。狼对这“狡兔三窟”毫无办法，只得怏怏离去。

山雀目睹这些精彩场面，常常惊叹不已，她问兔子：“你这些本领是向谁学习来的？”

“我的老师多着哪，”兔子回答道，“比如我向狼、虎学到‘兵贵神速’的本领，又向狐狸学到‘兵不厌诈’的绝招……”

“狼、虎、狐狸不都是你的死敌吗？”

“对，我就是向敌人学习的，”兔子毫不含糊地说，“狼、虎、狐狸等这些凶恶和狡诈的敌人都是我的好老师。”

兔子应聘

熊猫集团公司招聘一名通信员，条件是善于长跑，动作快捷，还须持有证书文凭。龟兔同时应聘。兔子看到竞争对手是乌龟，心里充满必胜的信心。

总经理熊猫先生亲自主持招聘会议。他先让应聘者各自谈谈特长和条件。

兔子自豪地说："我是动物世界公认的长跑健将，时速能达数百公里，完全合乎应聘的条件。"

兔子的自我推销，得到熊猫的认可。

乌龟冷笑道："兔子先生，你有证书文凭吗？你有奖状奖杯吗？想当年，你还是我的手下败将呢！"

说着，乌龟搬出了当年获得的"冠军"奖杯和获奖证书——原来过去龟兔进行过一场轰动世界的长跑比赛，兔子自恃腿快躺在路边睡觉，乌龟坚持到底结果夺得冠军。

熊猫犯难了。他虽然明知乌龟跑不过兔子，可是乌龟毕竟持有"冠军"奖杯和获奖证书，兔子什么凭证也没有。考虑再三，他最后还是果断地宣布：乌龟被聘为本公司通信员。

兔子落选了。他自认倒霉，无限感慨地说："唉，真是一失足成千古恨呵，难道死证书比活事实更重要吗？"

在青山寨里，兔子们过着幸福宁静的生活。一天，突然听到一个惊人的消息：最近来了一只狮子和一只灰狼。兔子们惊呆了，纷纷准备搬家避难。小兔子叫大家不必惊慌，他有办法除掉二暴。

小兔子只身跑到狮子面前。

“狮王陛下，我是来向您进贡食物的，”小兔子煞有介事地说，“但非常不幸，这食物在途中被抢走了。”

“谁敢如此大胆？”狮子暴跳如雷。

“除了灰狼还有谁！”小兔子气愤地说道，“他还说狮王老了，昏庸无能，应该让贤，也只有他灰狼才最有资格当森林大王……”

狮子怒不可遏。

于是小兔子引灰狼出来。在灰狼猛向小兔子追捕时，狮子一跃而上，把灰狼撕了个粉碎。

第二天，小兔子又出现在狮子面前。

“狮王陛下，我今天向您进贡更精美的食物，”小兔子哭丧着脸说，“但另一个大王把食物抢去了，还几乎要了我的命。”

“岂有此理，”狮子火冒三丈，说，“你带我见他，我要剥他的皮！”

于是小兔子带狮子到了一个深水湖边，果然看见湖面上有一只凶猛的狮子，狮子向他龇牙咧嘴，他也以龇牙咧嘴回敬，狮子向他大声咆哮，他也大声咆哮表示抗议。狮子忍无可忍，“扑通”一声跳了下去。狮子挣扎了几下，便被湖水吞没，再也起不来了。

小兔子凯旋，兔子们载歌载舞，表示热烈祝贺，并问他何以能战胜凶顽的强敌。

“利用矛盾，各个击破，这就是克敌制胜的法宝。”小兔子笑着回答。

兔子的『三十六计』

古时候，神兽麒麟开设“三十六计讲座”，白兔和狐狸同时参加听讲。

骄傲的白兔听着听着，竟然睡着了（唉，他这老毛病还是不改）；只有虚心的狐狸，专心致志，听得特别认真。

当时山雨欲来，突然一声炸雷，把沉睡的兔子惊醒了。麒麟的讲座已接近尾声，白兔揉揉惺忪的睡眼，清楚地听到麒麟说“三十六计，走为上计”，所以他的收获只有“走为上计”，因为其他内容他没听到。而狐狸则听了全过程，把三十六计熟记在心。

白兔和狐狸听完讲座，在回家的路上，突然碰到一只猛虎。

面对猛虎，他们的选择截然相反：白兔想起“走为上计”，拔腿就跑，终于保存性命；狐狸则大摇大摆，笑眯眯地迎了上去……白兔断定，狐狸必死无疑，因此哭红了眼睛。

后来，白兔碰见狐狸，不觉大吃一惊。

“我原来以为你死了，”白兔说，“真是匪夷所思，见了老虎，你为什么不跑？”

“我略施一计，就把老虎吓唬住了。”狐狸踌躇满志地说。

“你施了什么妙计？”

“瞒天过海。”狐狸笑着说，“人们把这叫作‘狐假虎威’，结果老虎不但不敢吃我，还封我做了宰相……”

“我们同为麒麟的学生，为什么我就不晓得施此妙计？”

“谁叫你听讲座时睡大觉呢？”

白兔的脸红了。他听人说过，“性格决定命运”，自己这德行能有所作为吗？

野兔的绝招

山鹰是野兔的天敌。

野兔生活在灌木丛中。一天，一只野兔出来觅食，当从一个灌木丛向另一个灌木丛转移时，猝不及防地受到一只山鹰的袭击。鹰不仅用钢爪抓他，还用巨大的翅膀狠狠地扇他，野兔当场昏迷过去。山鹰得意地狞笑道：“这一回兔肉美餐吃定了！”

此时山鹰腾空而起，环视四周，睥睨一切，准备第二次俯冲，攫取已经昏迷的野兔远走高飞，回到巢中好生享用。而这时的野兔，蜷缩成一团，看样子浑身颤抖不已。然而当山鹰第二次俯冲时，奇迹出现了：山鹰刚伸出利爪准备抓野兔的背脊，装死的野兔突然使出浑身气力，用后腿狠狠地蹬向山鹰的眼角，山鹰顿时眼角眦裂，发出凄厉的长啸，丢下猎物冲向天空，并大骂野兔诡计多端，装死骗人，害得他好苦……野兔听了，开怀大笑道：“我听人说过，会笑的人是最后笑的——现在该轮到我笑了。至于说我骗人，这也是向你学来的……”

山鹰羞愧地回到老巢反思。

白兔明星

一只白兔，以高超的技艺、出色的表演，成为广大观众欢迎的影视明星。

白兔出名之后，每天着意扮靓。对着镜子她总觉得自己的红眼睛不及猫眼睛灵秀，长耳朵不及狗耳朵小巧，三瓣嘴不及山羊嘴俊美，短尾巴呢，更不及狐狸尾巴那么潇洒……

为了塑造一个崭新的、十全十美的形象，她痛下决心，不惜耗费巨额财产，毅然住进了动物医院，迅速地做了美容整形手术。

手术相当成功，她非常满意，简直欣喜若狂。她哼着小曲，蹦蹦跳跳地跑回舞台。

演出开始了，为了给观众一个意外的惊喜，她高兴地走上舞台亮相；然而令她万万想不到的是，迎接她的不是鲜花和热烈的掌声，而是一双双失望的眼睛以及善意的批评和恶意的嘲讽。

“看哪，一只白兔却换上猫的眼睛、狗的耳朵和羊的嘴巴，活像四不像，不伦不类，笑死人了！”

“你瞧那条狐狸尾巴，既滑稽，又令人看了恶心！”

“乍一看这怪模怪样，我还以为是天外来客呢！”

“唉，真可惜，好端端的影视明星就这样被葬送了！”

白兔被轰下了舞台。她回到家，甚至连父母兄妹也把她逐出家园，她伤心地说：“我不顾自身情况，盲目追求美，刻意模仿他人，结果适得其反，这是老天对我的惩罚呵！”

灰兔无赖

有这么一只灰兔，他好吃懒做，刁钻奸猾，大伙都不喜欢跟他在一起。

一天，主人吩咐灰兔和山羊各完成一块地的种菜任务。灰兔嚷道："你瞧我尾巴这么短，山羊尾巴这么长，干吗做同样的工作？我理应比他少！"

主人无奈，只得把灰兔的任务减半。

收获蔬菜时，主人对灰兔和山羊各赏一棵白菜。灰兔嚷道："你瞧我耳朵这么长，山羊耳朵这么短，干吗分配一样多？我理应比他多！"

主人哭笑不得，只好赏给灰兔两棵白菜。

年终评选先进，大伙一致把山羊选为模范。灰兔嚷道："我有三瓣嘴，山羊只有两瓣嘴，为什么我没有选上模范？"

主人啼笑皆非，只得派人把一块黑布——上书"无赖标兵"的"奖旗"赠给灰兔……

这样荒唐可笑的无赖，在生活中并不少见。

最奇葩的龟兔赛跑

举世瞩目的21世纪的龟兔赛跑要开始了，它是动物奥运会马拉松赛事一个重要的项目。

随着裁判员猴子的发令枪一响，兔子像出膛炮弹似的飞了出去，转眼便不见踪影；乌龟则是一步一个脚印，稳稳当当地向前跑着……

“我看兔子必赢，”黄狗说，“他跑得快，肯定接受了上次的教训，中途再不会睡大觉了。”

“那倒不一定，”黑猫说，“据布置场地的山羊说，长跑要经过森林、高山和大河，兔子过不了河。有毅力的乌龟，最后终会取胜。”

再说兔子穿过一座辽阔的大森林，正准备翻越一座高峻的山峰。猛回头，突然发现大森林失火，风助火势，烈焰冲天。兔子顾不得比赛，他怕乌龟跑不快被火烧伤，就急忙往回跑，将乌龟背在身上冲出火海，待脱险后才继续跟乌龟赛跑……

兔子跑呀跑的，翻过大山，累得气喘吁吁，只见面前出现一条大河，河对岸才是终点，裁判员正在那里等着。兔子不会游泳，急得六神无主，不知如何是好，心想这次夺魁又落空了。后来乌龟赶到了。乌龟叫兔子坐在自己的背上，驮他过了河。

结果，兔子和乌龟同时到达终点。兔子说：“你驮我过了河，你该得冠军。”乌龟说：“山林失火，如果你不救我，我连命也没有了，这冠军应该归你。”

只见裁判员猴子说：“龟兔并列冠军！”观众席上欢声雷动，都说他们谱写了一曲“友谊第一，比赛第二”的赞歌。

小兔子和大公鸡本来无仇无怨，和谐相处。有一次，小兔子在芳草地上吃草，大公鸡在芳草地上觅食。突然，大公鸡发现一只蚱蜢，便紧追不舍。蚱蜢跳到小兔子身后，大公鸡追来，被小兔子挡住，蚱蜢趁机脱逃。

大公鸡未吃到嘴边的美食，非常恼火，便归罪于小兔子，他恶狠狠地朝小兔子的长耳朵就是一啄，顿时鲜血直流，痛得小兔子死去活来。

“你为啥啄我啊？”小兔子哭了。

“你阻碍交通，害得我吃不到美食！”大公鸡余怒未消，双眼圆瞪，气势汹汹。

于是鸡兔反目成仇。小兔子经过好一段时间养伤，才把身子养好。小兔子想，君子报仇，十年未晚，等着吧，这“一啄”之仇，是一定要“血债血还”的。从此，他坚持练习武术，把身体练得棒棒的，他不信斗不过大公鸡。

几年后，瘦弱的小兔子变成了身强力壮的大兔子，强悍的大公鸡变成衰弱的老公鸡。

一天，兔子又到芳草地上吃草，猛抬头，眼前的一幕让他惊呆了：一只狐狸正在追捕一只老公鸡，而这老公鸡正是当年啄他的“仇人”！

兔子想：“人命关天，还是救人要紧。”他暂把私仇置之脑后，对老公鸡大喊：“鸡爷爷快跑，让我来对付这狐狸！”

狐狸见了这肥大的兔子，垂涎欲滴，心里暗

笑：只有傻瓜才会放过这美味佳肴，吃那皮包骨头的老鸡！于是立即扑向兔子，老公鸡乘机逃过一劫。

机智的兔子太熟悉当地的环境了，他知道猎人在草木丛生的隐蔽处装了捕兽夹，便故意引诱狐狸朝那个方向跑去。狐狸尽管狡猾，但不知是计。兔子绕过捕兽夹，左拐右转，跟狐狸捉起迷藏来。只听“咔嚓”一声，狐狸被捕兽夹夹住了，痛得喊爸骂娘。

狐狸被猎人捉住之后，老公鸡带着白菜等礼物，向兔子赔礼道歉。他含着热泪说：“当年，我欺负您年少，这是我的过错；今天，您不但没幸灾乐祸，反而救我一命，您的大恩大德，我没齿难忘啊。”

“鸡爷爷快别这样说。”兔子笑道，“我们之间，矛盾再大，也属于内部争执；而我们和狐狸的矛盾，才是不共戴天的啊！”

从此，鸡兔结成莫逆之交。

伊索的著名寓言《龟兔赛跑》，像一声惊雷，在动物世界中产生巨大反响，致使兔子到处被嘲笑，受唾骂。兔子颓丧极了。

“那个红眼睛真是荒唐透顶，”山羊说，“他在比赛时睡大觉，把金牌丢了，活该！”

“那个短尾巴简直目中无人，”小狗说，“他不把对手放在眼里，荣誉扫地，怪谁？”

“那个三瓣嘴老子天下第一，”黑猫说，“他真应该接受教训了，重新振作，对吧？”

兔子痛定思痛，第二天，带上厚礼，敲开了伊索的大门。

伊索开门见到兔子，大感意外。

“你是登门来骂我的吧？”伊索问道，“我把你的丑闻公之于众，使你受尽笑骂！”

“不，我是来谢恩的。”兔子回答说，“您是我的第一恩人。”

“我是恩人？”伊索沉重地回忆道，“我的寓言流传后，不知遭受多少仇恨了。狮王骂我把他写成了专权残忍的暴君，狐狸骂我把他写成了奸诈狡猾的小人，驴子也骂我把他写成了愚不可及的蠢材，《农夫和蛇》你看过吗？蛇到处追杀我，我几乎连命都没了……”

“伊索先生，我知道您受了不少委屈。”兔子深表同情。

“个人荣誉还是小事，”伊索冷笑道，“他们逼迫我改写历史。狮子要我把他写得民主慈爱，狐狸要我把他写得忠厚诚实，驴子要我把他写得聪明伶俐，蛇则要我写是他救了冻僵的农夫……你呢，小兔子，要不要我改写乌龟睡觉，让你夺了冠军？”

“如果您颠倒黑白，我今天就不会上门谢恩了。”兔子笑着说，“您秉笔直书，使我警醒，从此戒骄戒躁，谦虚进取，这比什么都可贵！”

兔子感激涕零，放下礼物，离开了伊索，开始了新的生活。

辰·龙

都说你能腾云驾雾唤雨呼风，
苍天之下谁见过你的尊容？
古代的图腾被说得神乎其神，
其实都是人类英雄的完美化身。

万方春浩荡，四海龙腾飞。

历史长河中，龙兴云布雨，恩泽寰宇。可是，神通广大的巨龙，也有陷入困境的时候……

浩瀚的东海里有一条巨龙，他随潮水到江河里遨游，潮退后，霎时被搁浅在河滩里。巨龙进退无路，怒吼声惊天动地。鱼虾蟹鳖们听到这雷鸣似的吼声，先是吓了一跳，当看清这庞然大物竟无用武之地时，不禁又惊又喜。

“听说这家伙善于呼风唤雨腾云驾雾什么的，”鱼虾们哄然大笑，“今天为啥竟如此窝囊？可见这完全是吹牛皮，扯大谎！”

“真是百闻不如一见，这家伙长相真怪，”蟹鳖们揶揄道，“看哪，他的角像鹿、头像驼、眼像兔、颈像蛇、鳞像鱼、爪像鹰、掌像虎、耳像牛，究竟像什么，我看干脆叫四不像！”

“别管他什么四不像五不像的，你们知道吗？”讲究实惠的癞蛤蟆垂涎三尺，“这龙肉不但味道异常鲜美，而且吃了可羽化成仙，与天地同寿——老实说，你就是拿最名贵的天鹅肉跟我换，我也一万个不愿意！”

河滩上一块巨石听了这些议论，冷笑道：“作孽呵，这可是东海里的巨龙，他神通广大，威力无穷，你们千万别轻举妄动呀！”

然而，这些贪婪的鱼虾蟹鳖们哪里听得进去，他们蠢蠢欲动，并迫不及待地一齐向巨龙发起猛烈的攻击；连蚂蚁虫豸们也疯狂地加入这行列，企望分得一羹汤。

岂料霎时间，天地震怒，风云变色，雷霆万钧，暴雨如注。接着河水暴涨，滚滚滔滔，其势不可挡。只见巨龙猛一翻身，便卷起冲天大浪，继而腾飞万里，叱咤风云，直往太空遨游而去。可笑那班鱼虾蟹鳖们高兴得太早了，滚滚的洪流，将他们冲得晕头转向，不知所终。

目睹这一切的河滩巨石，感慨万千地说道："我听说过，'龙游浅水遭虾戏，虎落平阳被犬欺'，但龙虎毕竟不是池中物，这些可怜虫们也真是咎由自取了。"

据说，镇守天宫持令不落者为天龙，兴云致雨益人间者为神龙，掌管湖海决江开渎者为海龙，看守天下室物者为护藏龙……而一旦沦为被人豢养的池龙，其命运便听任别人主宰了。

古时候，豢龙氏在池塘里饲养了两条龙。

一天，海龙偶尔经过此地，池龙热情地邀请道：“老哥呀，你整天东奔西跑、劳劳碌碌的干什么？天地茫茫，前路渺渺，时光宝贵，生命无常，你不如跟我们一起居住，过上安逸快乐的日子吧！”

盛情难却，海龙只好暂且住下。只见他腰一伸、尾一摆，就触到塘基，隐隐作痛；整天只能跟泥鳅、蚂蟥、青蛙做伴，怪没意思；饿了，吃的是主人给的残羹冷炙，毫无味道；住的是污泥浊水，阵阵恶臭难闻，令人作呕；更要命的，是自己的才干、本领得不到施展，枉为海龙。他实在难以忍受，只好向池龙告辞。

海龙对池龙说：“池塘这样的环境，是龙栖息的地方吗？如此生活，实在太没出息太没作为了！你们跟我到大江大海里去吧。你们跟我一样，头长冠角，身披鳞甲；你们也具备同样的德行，可潜伏潭海，可腾飞天空；你们也同我一样有灵性，能御电乘风，能兴云播雨；你们也有像我一样的职责，抑制炎热干旱，及时普降甘霖，滋润万物，使五谷丰登……这样才能称之为龙，才是最大的快乐！”

池龙听了，怦然心动，便跟海龙到了东海。初时看到浩瀚无边的大海，大开眼界，感到新奇有趣。但后来就很不习惯了。只见大海无日不风起云涌，一个冲天巨浪，能把池龙打得晕头转向，六神无主；瞬息万变的海洋气候，使池龙适应不了，百病丛生；纷繁复杂的生存环境，使池龙软弱无能；更要命的，海洋里虽有无穷无尽的美味食品，但池龙却经常饿肚子，因为他们不但缺乏捕猎的本领，也懒得自己动手寻觅食物；甚至有好几回，凶神恶煞的鲸鱼和鲨鱼，声言要“尝尝龙肉的滋味”，向池龙猛扑过来，池龙几乎葬身鱼腹。

这一切，使池龙害怕极了。他们要回到池塘里去，虽然海龙百般挽留，他们还是要走。

后来，海龙听到噩耗，两条池龙先后被豢龙氏剁成肉酱烹着吃了，他不禁放声大哭起来。

九龙治水

治水是龙的天职。然而九龙治水，不是天下大旱，颗料无收，就是水浸九州，成为泽国。我们应该从这惨痛的故事中吸取什么教训呢?

老龙王要到远方去旅游，临行前把治水的任务交给他的九个儿子，并谆谆嘱咐：“你们都已经长大了。治水关系到国计民生，责任相当重大，务必认真负责，千万不可粗心大意。”龙子们诺诺答应，老龙王放心地走了。

可一向顽皮贪玩的九个龙子，哪里把治水的工作放在心上？该下雨时，老大把责任推给老二，老二推向老三，老三又叫老四……他们互相推诿，实际上谁也不想干。结果，旱情越来越严重，只见赤地千里，庄稼枯死，百姓呼天抢地，仰天长叹：“一龙治水，风调雨顺五谷丰登；九龙治水，天下大旱颗粒无收。唉，叫我们如何活下去呀！”

百姓的呼声惊天动地，玉帝闻讯拍案大怒。

眼看玉帝要降罪下来，九个龙子慌了手脚。于是他们一齐出动，日夜行云降雨，一时雷雨交加，暴雨倾盆，洪水滔滔，冲毁河堤大坝，淹没房屋田园，九州大地，顿时变成一片汪洋大海……

当老龙王赶回来时，看到这凄凉的景象，才知大事不好，但后悔也来不及了。他只得领着九个龙子，向玉帝请罪，向天下百姓谢罪。

龙与叶公结下不解之缘。先前，是叶公怕真龙，而今，却是真龙怕叶公了，所谓此一时彼一时也，世事就是这么怪。

叶公发迹后任某公司总经理，在他广为印发的《招龙告示》中说："龙才即财富，其谁不晓；我求贤若渴，其谁不知？可恨有个臭文人在《叶公好龙》中诬蔑我不好真龙好假龙，冤枉！今为发挥龙才，振兴龙业，特高薪诚聘真龙……"

云中真龙为叶公的诚心感动，纷纷前来应聘。

群龙雄心勃勃，正想一展才华，谁知光临叶公府第时，从窗口向屋里一望，天哪！只见一条真龙正气喘吁吁，拖碾拉磨，龙颈上紧勒着绳索，在磨道上艰难地挪动脚步——这不是把真龙当作驴子一般使唤吗？那凄凄惨惨有才难以施展、英雄无用武之地的情景，实在令人愤慨……真龙们大呼上当，头也不回地返回天庭。

后来，叶公收到真龙的一封信，信中说：

"叶公先生，而今我们确信你不是怕龙，恰恰相反，是龙怕叶公了——因为我们毕竟不是驴子。被你骂过的那所谓臭文人，他在天之灵有知，一定会把文章改为《龙怕叶公》吧！"

鱼跳龙门的故事

成龙成凤，多少人梦寐以求。登上龙门就能成为真正的龙吗？不，成功只属于永不放弃的人。

据说大禹治水时，凿开了龙门山，江海里的鱼顺着黄河一直游到龙门下，能登上龙门的便可成龙。一天，只见鲈、鲢、鳙、鲍、鳗、鱿、鲫、鲤等成千上万的鱼，经过九十九道急流险滩，不远万里，汇集于龙门之下。然而龙门就像天门，河水仿佛从天上倾泻下来，激流飞湍，波涛汹涌，巨浪崩云，那翻滚奔腾的气势，恰似万马飞驰，万雷轰鸣。不少鱼儿看到这雄奇险峻的景象，大气都不敢出，心自凉了一半。待到跳龙门时，更多的鱼儿纷纷败下阵来。能坚持到最后的，只有鲫鱼和鲤鱼了。

鲫鱼和鲤鱼在冲刺中遍体鳞伤。但他们毫不气馁，屡败屡战，越战越勇。

“加油，加油！”围观的百鸟齐声喝彩助威，“坚持就是胜利，胜利属于强者！”

“别白日做梦了！”虾鳖们发出一声长叹，“多少鱼儿急流勇退，就他们逞强！”

鲫鱼和鲤鱼经过九十九次失败，最后奋力一跃，“呼啦”一声，终于登上了龙门。

一登上龙门，随即便有习习清风、五彩云霞、玉露甘霖伴随，鲫鱼和鲤鱼都沉浸在胜利的喜悦之中。

突然，一道无情的熊熊天火，向他们猛蹿过来，要烧掉鱼的尾巴。

“我怕，我害怕！”鲫鱼吓得魂不附体，转身后退。

“别怕，坚强点！”鲤鱼笑脸相迎，冲向天火，经受最后考验。

“我舍不得美丽的尾巴，更不堪忍受切肤的伤痛。”鲫鱼说。

“只有让天火把尾巴烧掉，才能成为一条真正的龙呵。”鲤鱼说。

结果，害怕退缩的鲫鱼跳下了龙门，重返江河与鱼虾为伴，他功亏一篑，遗下千秋笑柄；只有坚持到底的鲤鱼断尾化龙，腾飞万里长空。

龙也有美丑善恶之分，正义战胜邪恶，这是放之四海而皆准的真理。

据说很久以前，北方一条大江里住着一黑一白两条龙。黑龙性情温和，常为百姓行云播雨，造福于民；白龙禀性凶恶，经常兴风作浪，淹没庄稼，冲毁房屋，弄得大江两岸，民不聊生。黑龙常劝白龙要去恶行善，白龙我行我素狠狠地骂道："你别多管闲事！"

白龙怀恨在心，他要杀死黑龙，独霸大江，黑龙想把白龙赶走，拯救万民，于是这一仗在所难免。但黑龙身体瘦弱，武术平常，白龙体格强壮，神通广大，单凭气力黑龙是斗不过白龙的。

大江两岸的百姓知道了此事，对黑龙说："别怕，有我们黎民百姓的支持，白龙即使有通天的本事，你也能够打败他。"

黑龙说："明天我和白龙交战，你们看见江上黑水翻上来，就往江里扔吃的，白水翻上来，就往江里扔石头。"百姓依计而行。

第二天，大江两岸的百姓，准备了白面馒头、裹蒸粽和大石头、泥土沙砾，在江边等着。中午时分，黑龙和白龙果然大战起来。他们直打得天昏地暗，地动山摇。只见江水旋起两条大水柱，飞起的浪花直冲半空。每当黑水翻起来时，人们就扔白面馒头、裹蒸粽——战得精疲力竭的黑龙得到食物的补充，顿时气力倍增，越战越勇；而当白水翻上来时，人们就扔大石头、泥土沙砾——白龙被石块砸伤，被泥沙迷眼，又寻不到吃的，越战越没有气力。经过七天七夜的恶战，黑龙终于打败了白龙，把白龙赶走了。

从此，黑龙管辖了这条大江，江水不再泛滥成灾了。人们为了感谢黑龙，便把这大江称为“黑龙江”。

“得道多助，失道寡助”，即使龙的世界也不例外。

龙女愁嫁

不是说“皇帝女儿不愁嫁”吗，更何况是倾城倾国的龙女？但残酷的现实，真的使龙女也愁嫁了……

龙女是海龙王最小的公主。她容貌靓丽，心地善良，贤淑温柔。向她求婚的龙子踏破门槛，络绎不绝。

一天，龙女奉父王之命到江河湖海视察水情，以更好地管水用水。她化作鲤鱼，游踪遍及大江南北。见水域两岸，工厂林立，民居纵横，一片繁华景象，龙女自然高兴；但是污水脏水，乱排乱放，恶臭难闻，造成严重污染，她的心情又非常沉重。

龙女回到龙宫，龙王见了，大吃一惊。

“你是谁？”父王像不认识女儿似的，“我天仙般的女儿怎么会变成丑八怪？”

“天呵！”龙女忙用镜子一照，失声大哭。只见她白嫩的肌肤变成黑色，俏丽的面容布满疙瘩，明亮的眼珠暗淡无光，漆黑的秀发灰白生虫，红唇变成绿唇，皓齿变成黑齿……

龙王大怒，忙召来河神问罪。没想到，河神也是身染沉疴，骨瘦如柴，几年不见，好像老了许多。他已气息奄奄，往日生气勃勃、神采奕奕的派头，已不复存在。

“唉，江河污染，老夫是第一个受害者！”河神有气无力地说，“人们以邻为壑，乱排污水，以致生态失衡，鱼虾已濒临绝迹了！”

龙王无奈，只得向天帝告状。谁知天帝连年伤风感冒，身体很差，一分钟打了五十个喷嚏，鼻涕横流，也已失去当年叱咤风云的神采。

“噢，大气污染，害得朕好惨好惨！”天帝摇头叹息说，“地上大工厂排放的滚滚浓烟，把朕住的灵霄宝殿也熏黑了，天堂里的男女老少也难逃厄运，个个都患感冒了！”

“那我的宝贝女儿不是有冤无处诉吗？”龙王悲哀地问道。

“不，人类已受惩罚了。”天帝沉重地说，“由于环境受破坏，各地灾情不断，已导致全球一万六千种生物面临灭绝。人类再不保护环境，倒霉的只有他们自己！”

龙女变容后，大门不出，天天掩面啼哭，再没龙子向她求婚了。嫁不出的龙女，不得不到美容院整容……

馋龙上钩记

老龙生了个不肖儿子叫“饕餮”，他非常贪吃，人们管他叫馋龙，他却自称美食家，曾扬言要尝尽天下美食。老龙骂他是酒囊饭袋，什么事都不干，整天酒海肉山的就知道吃吃喝喝。

这一天，馋龙突然心血来潮，变成一条鱼游到江河里，要换换口味尝尝鲜。他游到鲫鱼家里，热情好客的鲫鱼请他遍尝美味佳肴。他狼吞虎咽，吃了五大碗八大碟，意犹未尽，又匆匆赶到鲤鱼城里赴酒宴。繁华的鲤鱼城里，山珍海味，琳琅满目，令人垂涎欲滴。鲤鱼是他的老朋友，让他放开肚皮吃了个够。吃饱喝足，他美美地睡了一觉，梦中还在吃着香喷喷的肉菜，时而发出“味道好极了！”的呓语。

馋龙一觉醒来，忽见水空中悬着一条香肠，这食物他未品尝过，用鼻子嗅了嗅，觉得风味独特，不觉垂涎三尺。

“吃不得，吃不得！”鲤鱼见状大声制止，“这是蚯蚓不是香肠，是渔夫的诱饵！”

“我是龙子我怕谁？”馋龙听了冷笑道，“莫说是渔夫，就是皇帝见了我，也得让三分！”

馋龙哪里听得进鲤鱼的劝告，他嘴一张，就吞下了诱饵，被铁钩刺破了喉管，挣扎了一下，就被渔夫钩上岸，放进鱼篓里。渔夫钓到这又肥又大的鱼，非常高兴，当晚烹杀吃了，觉得平生从未吃过如此美味的鱼肉。

老龙听说儿子死于渔夫之手，异常悲愤，就到天帝那里告了渔夫。天帝将渔夫传讯到了天庭，经调查核实，做出判决。

天帝说：“渔夫的职业就是捕鱼。他钓到的是鱼而不是龙，此其一；至于龙子化为鱼被钓，渔夫事先并不知晓，所谓‘不知者不罪’，此其二。”

于是天帝宣布渔夫无罪，当场释放。馋龙因为贪吃，白白丢了性命。

听说老龙王生了九个儿子，天帝高兴之余，便上门祝贺。天帝一见，大吃一惊，说：“有道是‘龙生龙，凤生凤，老鼠生儿会打洞’，怎么搞的，九个公子一点也不像你！”老龙王颓丧地说：“唉，龙生九种，个个不同，我有什么办法？”天帝说：“有办法，且莫悲伤。孔子是个大教育家，最善于教育学生成长。他离开人间后已在天堂大学任职，你可以去找他。”

于是老龙王聘请孔子为家庭教师。

孔子看到九个龙子外貌各异，秉性不同，各有各的爱好。他根据他们各自的特点，制订了一套详尽的教学计划。九个龙子见自己的特长得到充分的肯定和发挥，非常高兴，因而对老师言听计从，虚心好学，进步很快。

若干年之后，九个龙子果然无不成才，老龙王十分满意。老大蒲牢，是个粗嗓子，喜欢大喊大叫，声音传到几十里之外。孔子将他培养为“治水总指挥”，哪里有旱情，他及时发出号令，四海之龙，各司其职，从此风调雨顺，天下太平。老二囚牛，是个音乐迷，喜欢听管弦丝竹的声音。孔子将他培养为出息的音乐家。他的歌声乐音，能绕梁三日，孔子听了，也说：“三月不知肉味。”老三睚眦，性格暴躁，喜欢打打杀杀，寻仇报复。孔子教育他，要分清敌友，分清善恶是非，“睚眦必报”是要不得的。他知错必改，终于成为英勇善战的

“三军总司令”，在平定妖魔的叛乱中立下了赫赫战功。老四嘲风，性格外向好动，喜欢探险猎奇。孔子把他培养为“宇宙探险家”，到火星、金星、银河等地探索宇宙的奥秘。老五狻猊，个性内向老实，任劳任怨，不怕辛苦。他遵照孔子的建议，乐意做了佛爷的“坐骑”。老六霸下，是个大力士，背上千万斤也毫不在乎。孔子要他去开山筑路，造福众生。他后来成为“开山筑路工程师”。老七狴犴，喜欢招惹是非，他专爱管闲事、揽官司。在孔子引导下，他树立了正义感，增强了是非观念，后来成为一个有名的“律师”。老八椒图，文质彬彬，爱好读书写字，吟诗作对。孔子把他培养成为有名的诗人、作家和书法家。老九螭吻，性格古怪，专好吞火。他能做什么呢？孔子伤透了脑筋。一次雷电交加，天火伤害人畜，孔子叫他站在屋脊上，专门吞吃天上飞来的电火。他也非常高兴，总是站在那里待命，为保护人畜楼宇立了大功。

后来，天帝看到老龙王的九子都成为有用之才，觉得这与老师的正确诱导分不开，便任命孔子为天国教育部长。

老龙王请教孔子教育有什么秘诀，孔子笑道：“此无他，因材施教而已。”

龙的种类很多，有鳞者为蛟龙，有翼者为应龙，有角者为虬龙，无角者为螭龙，未升天者为蟠龙，好水者为睛龙，好火者为火龙，善吼者为鸣龙，好斗者为晰龙……至于“变色龙”，他也算是“龙”吗?

龙年伊始，群龙举行了盛大的庆祝活动。四方神灵都来向龙祝贺。真没想到，变色龙也以主人的身份出现在庆祝会上，接受大家的祝贺。龙们愤怒了，他们不能容忍这种侮辱。

“呸，把这奇丑无比的怪物轰出会场！”蛟龙吼声如雷。

“也不撒泡尿照照自己，竟敢参加我们的盛会！”虬龙火冒三丈。

“真不害羞，明明不是龙，居然要沾龙的光！”螭龙异常厌恶。

还是潜龙冷静，他提议说：“我们先要问问他，究竟是何方神圣，有什么资格过龙年？如果回答不出来，再把他逐出会场不迟。”

这时，变色龙开口自我介绍说：“我大名叫变色龙，俗称四脚蛇。别看我相貌丑陋，但本领不凡，虽然不会腾云驾雾，却善于经常变换颜色……”

说着，变色龙摇身一变，像变魔术似的，已由原来的黄褐色变成草绿色；转瞬间，又由草绿色变为青紫色；紧接着，又由青紫色变成墨绿色……龙们看得眼花缭乱，变色龙却非常得意。

“看到了吧，”变色龙厚颜无耻地说，“我不但名字叫作龙，本领也不亚于龙！”

“这叫什么本领？”龙们七嘴八舌地说，“这不过是骗人的鬼把戏罢了。”

最后，龙王揭开了变色龙的丑恶历史面目。

“很久很久以前，这丑类也是一条天上的真龙。”龙王回忆说，“他原来也相貌堂堂，能呼风唤雨。但他不知自爱，常搞两面三刀，阳一套阴一套，惹是生非挑拨离间，惯于变换嘴脸妖言惑众，以搞阴谋诡计为荣。天帝和群龙多次批评帮助他，他却劣根不改。天帝愤怒了，开除了他的龙籍，他从此被贬下凡世，与虫豸草木为伍，于是越变越丑……”

说完，龙们把变色龙驱逐出会场。

一条作恶的蛟龙

既然龙兴云布雨，惠及天下，人们对龙感恩还来不及呢，怎会与龙相斗？但人有好坏之分，龙亦有善恶之别。传说古时候，有一条蛟龙，他是龙中的败类。这条蛟龙每到夏天总要兴风作浪，掀起万丈波涛，淹没千顷良田，人畜、房舍顷刻被海浪卷走。老百姓恨透了这条蛟龙。村中有一位叫桂圆的青年，他的父母也被蛟龙吞噬了。

“我一定要杀死蛟龙，”桂圆痛哭流涕，发誓说，“为父母报仇，为家乡除害。”

“蛟龙力拔千钧，你恐怕不是他的对手，”乡亲告诫说，“必须斗智斗勇，方可克敌制胜。”

桂圆牢记乡亲的金玉良言，日夜苦练武功，练就了一身力气，能一剑刺穿墙壁，一剑砍倒大树。这年大潮来临，蛟龙上岸，吞吃了桂圆事先准备好的几只浸酒猪羊，醉醺醺趴在地上。桂圆从地洞里钻出，手持利剑，猛刺蛟龙，不料龙鳞坚厚，未曾击中要害。蛟龙惊醒，猛扑向桂圆。桂圆急中生智，举剑猛刺龙的右眼，蛟龙痛得在地上翻滚。桂圆跃上龙颈，抓住龙角，又刺中龙的左眼，经三天三夜搏斗，终于把蛟龙杀死。桂圆挖下两颗龙眼珠，带回去准备祭奠受害的父母和乡亲。

县官获知此事，便率兵丁拦截，因为他相信：吃了龙眼珠就能羽化成仙。

“桂圆听着，”县官喝道，“放下龙眼珠你才可以从此路过去。”

“龙眼珠是受害者的祭品，”桂圆大怒，“你怎能够仗势欺人？”

县官喝令兵丁动手抢夺，桂圆与之搏斗，但寡不敌众。他急中生智，一口吞下一颗龙眼珠，另一颗滚落地上。“轰隆”一声巨响，县官及兵丁全部丧命，桂圆也壮烈牺牲了。

乡亲十分悲痛，把桂圆埋葬在村边。次年春天，桂圆的坟上长出一棵高大的树来，结出累累果实，果核好像龙眼珠子，人们叫它龙眼树。为了纪念桂圆，就把晒干的龙眼果肉叫桂圆。

后人看到龙眼树，无不深情地说：

“看，高大的龙眼树，这是英雄的化身，这是正义战胜邪恶的壮丽诗篇！”

犯罪的龙子理应依法惩处，可百姓却为他求情，待秉公执法后才欢欣鼓舞，内中的隐情，掌权者能够觉察出来吗？

东海龙王将赴天庭开会，临时把政务交给龙子，再三告诫说，一定要克己奉公，忠于职守。并跟龙子约法三章，以赏罚分明。

岂料龙子阳奉阴违，他一掌权就贪赃枉法，兴风作浪捣毁民船，残害无辜；他不务正业致使天下大旱，赤地千里；他横行霸道，抢走海神的夜明珠，把东海搅得乌烟瘴气……为此，天下百姓恨之入骨。

半个月后，龙王归来怒发冲冠，立即将龙子缉拿归案。但出乎意料，受害者纷纷前来恳求龙王宽恕龙子。海神第一个站出来为龙子求情，说：“陛下，姑念他年少无知，又是初犯……”颗粒无收的灾民，脸上也强装笑容说：“龙子虽有责任，但天意不可违呀。”死难渔民的亲属也赔着笑脸讲好话，甚至虾兵蟹将也说龙子以后不敢再犯，希望龙王手下留情。

执法不阿的龙王大义灭亲，断然将龙子囚禁起来依法严办。于是“龙王万岁！”“龙王英明！”的欢呼声此起彼伏，万民扬眉吐气，奔走相告，盛赞龙王为民除了一害。

龙王惊问：“王子犯法与民同罪，你们为什么刚才还求情，现在又欢呼，前后如此不一？”

老百姓一吐苦衷：“启禀龙王，我们是怕您徇私舞弊，怕一旦龙子掌权秋后算账，特意留条后路的。”

龙王喟然长叹：“在强权面前，想杜绝假话听到真话，真是谈何容易啊！”

巳·蛇

皆因缺少一根正直的脊梁骨，
一生只好匍匐于地蜷曲爬行。
即使在冬天冻僵了也没人怜惜，
《农夫和蛇》的故事记忆犹新。

龙留丰稔景，蛇舞吉祥图。

然而，多少年来，人们却把蛇视为不祥之物，这是一个历史的大冤案造成的……

远古年代，没有人类，上帝用泥土造了两位盲人，男的叫亚当，女的叫夏娃，他们生活在伊甸园里，赤身露体而不知羞耻。上帝吓唬他们说："园中各样果子可以随意吃，但不许偷吃智慧果，不然会死去。"

后来，蛇悄悄地告诉夏娃："上帝在骗你们，吃智慧果决不会死亡，他是不让你们拥有智慧。"于是，夏娃吃了智慧果，亚当也跟着吃了。这样，奇迹出现了，他们不仅没死亡，而且眼睛明亮了，脑子聪明了，能知道羞耻，分辨善恶。他们用无花果树的叶子编作衣服穿在身上遮羞。

上帝闻讯大怒。结果，上帝把亚当和夏娃逐出伊甸园，让他们在大地受苦受难，生儿育女繁衍人类……

蛇的遭遇可就更凄惨了。上帝惩罚他终生用肚子行走，一辈子吃土。上帝愤怒地说："你既做了这事，就必受诅咒。我要叫你和人类彼此为仇，你的后代和人类的后代也彼此为仇。人类要伤你的头，你要伤他的脚跟。"

从此，人蛇之间反目为仇。人类对蛇进行大肆的杀戮，还定下"见蛇不打三分罪"的训诫；蛇则对人类进行疯狂的报复，不惜用最恶毒的利牙伤害人的生命，彼此之间演出了无数惊心动魄的惨剧和悲剧……

蛇的平反

二十一世纪洪亮的钟声响彻寰宇，人们无不欢欣鼓舞，决定派科学家代表全人类，去向上帝报告人类在科技、经济、文化等方面的喜讯。蛇请求带他一起前往，科学家尽管不乐意，但在蛇的苦苦哀求下，还是无奈地应允了。

科学家驾着宇宙飞船直达天堂，上帝在伊甸园里接见了科学家和蛇。

蛇一见上帝，眼泪夺眶而出，他痛心疾首地说："当年，我的老祖宗错了。他巧舌如簧地引诱夏娃和亚当偷吃禁果，真是罪该万死；我作为蛇的后代，愿意赎罪，万死不辞。"

上帝呵呵大笑，嘉奖说："蛇呵，你的老祖宗立大功了，蛇对人类是有特殊贡献的！"

"蛇何功之有？何贡献之有？"蛇十分诧异。

"我给予亚当和夏娃的，只是一团肉体；蛇给予亚当和夏娃的，却是宝贵的灵魂！"上帝激动地说，"如果当年他们不偷吃智慧果，很可能到今天还是一个愚昧无知浑浑噩噩的动物，你能坐着飞船来见我吗？人类的一切发明创造，无不是智慧和知识的光辉的结晶呵，蛇的贡献实在太伟大了！"

接着科学家向上帝汇报了人类的创造和发明，并把电视、电脑、手机、影视机、宇宙飞船、电动操作机械等科技成果作为礼物敬赠给上帝。

上帝打开电视，即能收到地球和外星的新闻；接通手机，即能和住在远方星球的朋友通话；按动电钮，即能给伊甸园的花草树木浇水施肥；坐上飞船，即能遨游宇宙太空……

“我也享受到现代化的物质文明和精神文明了。”上帝高兴地说，“是我当年错怪了蛇，让蛇蒙受了许多冤枉和委屈，现在是应该结束这历史冤案的时候了。”

于是上帝为蛇平反，恢复名誉，并郑重地宣布：蛇是人类的好朋友。

蛇的智慧

有位爱好科技的年轻人，他夜以继日地读书，呕心沥血地搞研究，可就是成绩平平，总搞不出什么名堂来。

年轻人很苦恼，便向智慧老人求教。

“你缺少一种蛇的智慧。”智慧老人一针见血地说。

“什么？蛇有什么智慧？”年轻人大吃一惊。

“蛇的智慧其实就是一种怀疑的精神。”智慧老人开导说，“据说蛇原来是个聪明鬼，他就是撒旦。当年上帝吓唬亚当、夏娃说吃了分别善恶树上的果子会死，蛇就敢于大胆地怀疑，这不是非凡的智慧吗？”

年轻人茅塞顿开，笑着说：“我明白了。所谓智慧，就是对事物的认识、辨析、判断、处理和发明创造的能力，这种能力，蛇都具备。俗话说得好：‘怀疑是创造之父。’对吧？”

“对！”智慧老人赞赏地说，“所以，从某个角度看，蛇，不愧是人类的导师。”

从此，年轻人把“怀疑一切”作为科研的座右铭，对前人不再亦步亦趋，而是大胆创造，敢于为天下先，标新立异。不久，他在科学上果然获得杰出的成就，荣获了诺贝尔奖。

两条蛇的争斗

蛇既有光明的一面，也有阴暗的一面。蛇绝非清一色的群体。蛇的世界，千奇百怪。

据说深山老林里有一条罕见的两头蛇，平日，无论哪个蛇头吃下食物，都汇集到共同的肚子里消化吸收，营养全身。

一天，两个蛇头同时发现一只老鼠。一蛇头正要捕捉，另一蛇头急来争夺。

“我首先看到猎物，”一蛇头提出强烈抗议，“食物归我，本来天公地道！”

“猎物往我嘴边送，”另一蛇头则针锋相对，“我占有猎物，岂不合情合理？”

树上的八哥见状，急忙劝阻道：“别再吵了，哪个吃掉猎物还不是一样！”

但两个蛇头哪里肯听？他们各持己见，互不相让，结果厮打起来，直咬得两败俱伤。

老鼠趁他们吵架的时刻，溜之大吉。

八哥痛心地说：“两个蛇头的根本利益本来一致，唉，皆因这无谓的争斗，到头来竹篮打水一场空！”

恶蛇的名声

人有好坏之分，蛇有善恶之别。

人们见蛇就打，弄得蛇狼狈不堪。蛇于是去请教乌龟。

乌龟说："你的名声太臭了——改了名字就好了。"

蛇于是给自己每个儿子都改一个文雅的名字：老大叫"金环"，老二叫"银环"，老三叫"眼镜"，老四叫"竹叶青"，老五就叫"五步"……

人们还是见蛇就打，因为人们知道，改了名不等于变了品性。为了标明他们是蛇的后代，就在其名字后面加一"蛇"字，叫作金环蛇、银环蛇、眼镜蛇……

蛇毫无办法，又去请教乌龟。

乌龟说："你的长相太可憎了——蜕了皮就好了。"

从此，蛇每年都要蜕一次或两次皮。人们还是见蛇就打。蛇走投无路，再去请教乌龟。

乌龟说："你咬人的毒牙太可怕了——把你又粗又长的毒牙拔掉吧，人们从此一定欢迎你。"

蛇听了勃然大怒，凶相毕露，立即用锋利的毒牙在乌龟颈部狠狠地咬了一口。他恨恨地咒骂着："老混蛋，叫你也来尝尝我牙齿的厉害！"

乌龟挣扎几下就死了。

有的恶人就是这样，当触动他们的根本利益时，他们就会疯狂报复，善良的人决不可上当。

毒蛇的习惯

一条蛇受到克星獴的追击，在仓皇逃命时恰巧碰到在草丛中觅食的山鹰。山鹰冷不防被蛇缠住，脱身不得。

蛇胁迫说："背我飞过对面山去，不然我咬死你。"山鹰没法，只得从命。

山鹰说："你不得咬我。"

蛇笑着说："这你大可放心，咬死你，我不是也会被摔成肉酱吗？"

谁知飞到高空，蛇看到壮丽山川的大千气象，顿时身心陶醉忘乎所以，牙齿痒痒的，禁不住就狠狠地咬了山鹰一口。

山鹰一阵剧痛，毒液流遍全身，眼前一片漆黑，临死前骂道："你为什么咬我？"

蛇下意识地答道："你是我的救命恩人，我本来无心咬你，这是我的习惯呵。"他后悔不迭，痛恨自己，但已无法挽回。结果，蛇和山鹰从高空中摔下来，同归于尽。

俗话说："习惯成自然。"坏习惯，也往往会把生命葬送。

眼镜蛇得意极了，因为一举打败了鸡、兔、羊、猴，威猛的老虎、凶狠的狼也怕他三分，见了他唯恐避之不及。他觉得自己所向无敌了。

于是眼镜蛇叫嚣：“我是毒蛇我怕谁？”

“我不怕你。有种的，放马过来吧！”眼镜蛇循声望去，这是獴。

獴是一种和家猫大小差不多的小动物，身体细长而灵活，四肢短粗而有力，牙齿细小而尖利，以专门捕食眼镜蛇为乐。

一场较量在所难免了。

眼镜蛇脾气很大，仇人相见，分外眼红。只见他一次又一次向獴发起猛攻，獴灵巧地一次又一次闪过，等蛇累得没有力气了，獴就瞅准机会猛扑过去，一口咬住对手的脖子，把他的身子抡起来在地上摔打揉搓，直到他不能动弹为止。獴把蛇开膛破肚，饱餐一顿。

鸡、兔、羊、猴等见獴除了一害，欢呼雀跃之余，问他是怎样克敌制胜的。獴谦逊地说：“我们这些弱势群体，要捉住凶恶的眼镜蛇，可不能单拼力气，还得靠智慧啊。”

有道是：“一物治一物，狂妄者绝没有好下场。”

五步蛇杀手

动物警察局悬赏一百万元动物币，刺杀一名恶贯满盈的国际通缉的大毒枭。

五步蛇找到黑猫警长，说："我是职业杀手，过去伤害过一些人，深感不安；现在愿以功赎罪，把大毒枭杀死。"

"你能行吗？"黑猫警长不放心。

"怎么不行？"五步蛇充满信心，"凡被我刺杀的人，五步之内，没有不命归黄泉的。"

"这大毒枭行踪诡秘，神出鬼没；而且他老奸巨猾，手眼通天，非等闲之辈啊。"黑猫警长慎重嘱咐。

"请放心。"五步蛇说，"等待我的好消息吧。"

经过长期跟踪、周密侦查，五步蛇发现大毒枭每天下午必到一个游泳池游泳。于是他潜伏在花圃里。大毒枭跟往常一样，更换外衣，只穿一条三角内裤，就要下水了，五步蛇一跃而起，缠住大毒枭裸露的大腿和手臂，疯狂地咬起来，待其反应过来，五步蛇早已窜入花圃里逃亡……五步蛇回到黑猫警长身边，说大功告成，任凭大毒枭有十二条命，也必死无疑。

可是，事实跟预料的相反，五步蛇没有毒死大毒枭，倒是大毒枭把五步蛇毒死了。法医检查蛇的血液，发现这毒液就是海洛因！

黑猫警长震惊之余，配合人类的反毒斗争，才把大毒枭缉拿归案。他深有感触地说：

“人们向来最惧怕毒蛇；现在看来，海洛因比蛇毒还毒一万倍啊。世人哪，可千万不能沾染毒品了！”

某商人到南美洲探访老朋友。当他走到门口时，被一条硕大无朋的蛇拦住，不时吐出紫红色的舌头，瞪着凶狠的双眼，看样子非常可怕，他禁不住大喊“救命”。

“如果你是好人，那就不用怕；如果你是窃贼，你也逃不了。”蛇忽作人言，注视着他。

朋友飞快地跑出来，笑着说：“让您受惊了。这巨蟒是我家的保姆，她看起来很凶恶，其实性情挺温和。她照料孩子忠于职守，陪伴孩子寸步不离。这样，毒蛇猛兽就不敢伤害孩子了。”

“你不怕巨蟒把孩子吞了？大蛇吞小猪并不是新闻啊。”商人感到不可思议。

巨蟒像受到侮辱似的，哧溜一下翻了个身，屋里的孩子听到蛇的呼叫，忙跑出来跨上她的背脊，把她当马儿骑。他们玩得可开心了，商人大开眼界，对巨蟒的恐惧一扫而光。

后来商人和他的朋友外出旅行，在密林深处看到一条小蛇，其模样非常漂亮可爱，性情倒也十分温和顺从，商人禁不住想逗她玩一玩。那蛇毫不客气地朝他的手指咬了一口，说：“你想玩弄我？我叫你不得好死！”说完飞快地遁入草丛，不见踪迹。

朋友见状大惊。幸亏他是医生，又携带着蛇药，他迅速地挤出蛇毒，敷药，包扎，见商人转危为安，才说：“这是眼镜王蛇。人一旦被他咬伤，立即就会感到头晕目眩，四肢无力，呼吸困难，最后昏睡而死……”

“真想不到，”商人惊恐万状，“这条小蛇斯斯文文的，看样子美丽可爱，竟如此狠毒！”

“世间的事物就是怪，”朋友意味深长地说，“看着样子凶狠的巨蟒被人们养熟了，是个可以信任的门卫和保姆；而表面上温顺的眼镜王蛇，才是最可怕的啊！”

看问题不能迷惑于表面现象，而要剖析它的实质。

一条想改写历史的蛇

冬天，一位农夫把冻僵的蛇放在怀里暖和，谁知蛇苏醒后竟咬死了他的恩人。大寓言家伊索非常愤慨，据此写成《农夫和蛇》，告诫世人切不可怜惜恶人，以免上当受害。

后来这条蛇在野外捡到了一颗价值连城的蓝宝石，他高兴地衔着宝石走进伊索的家。伊索正在埋头写寓言，看见这不速之客便操起一根竹竿，百倍地警惕着。

“伊索先生，我不会伤害您的，请放心。”蛇笑着说。

“你想干什么？”伊索没好气地问。

“您写寓言很辛苦，我想献给您一件礼物。”蛇把光彩夺目的宝石放在桌子上，“您把这宝贝变卖了，够享受一辈子的，再不会受饥挨冻了……”

“我伊索再穷，也不会无功受禄。”伊索冷淡地说，“你还是带回去自己享用吧。”

“是这么一回事，我想请您改写那篇著名的寓言……”蛇终于说明了来意。

“什么？”伊索不耐烦了。

“您的《农夫和蛇》流传之后，对蛇万分不利。请您这样改写：一位农夫在冬天被冻僵了，蛇生火让他暖和，农夫苏醒后竟把蛇打得浑身伤残……”

伊索听罢勃然大怒。

“天底下竟有如此无耻之徒！”伊索冷笑道，

“你想让我颠倒黑白、混淆是非吗？办不到！你想用金银财宝来收买我吗？办不到！”

伊索气愤地把蓝宝石掷出屋外，蛇灰溜溜地衔着这宝物走了。

传说四川峨眉山上有两条蛇，一为白蛇，她已修炼了千年；一为青蛇，她也修炼了几百年。她们心地善良，和众生友好相处。一天，她们化为靓女来到人间，白蛇叫白娘子，青蛇叫小青。

两个靓女在杭州西湖断桥边欣赏美景，恰遇倾盆大雨，她们都没带伞。一位帅哥走上前说：“两位姑娘请用我的伞吧。”两人感激不尽，第二天到钱塘门还伞时，才知道这帅哥名叫许仙，在一间药铺当学徒。白娘子见她忠厚善良，顿生爱慕之情。在小青的撮合下，两人结为夫妻。他们成家后，你恩我爱，在西湖边开了一间药铺，取名保和堂。许仙经常施药给穷苦人家，白娘子免费为人们看病。他们扶危济困、救死扶伤的精神，有口皆碑。

一天，白娘子外出为人治病，许仙在家给病人配药。只见门外来了个化缘和尚，盯着许仙说：“阿弥陀佛，施主面带妖气，想必你妻子是妖精。贫僧是镇江金山寺住持法海，有事找我。”许仙哪里相信，他怒斥法海胡说八道。

端午节那天，法海送给许仙一瓶加了雄黄的美酒，白娘子不知是计，喝完后感觉头昏眼花，忙回房休息。许仙进房果然看到一条大白蛇醉卧在床上，吓得昏死过去。待他醒来，白娘子安慰说此蛇已被她杀死。许仙半信半疑，第二天，他借故到金山寺见法海，被法海强行留在了金山寺。白娘子见丈夫久去不归，只得和小青一起到金山寺找他。法海一见，火冒三丈，只见他大红袈裟一扬，舞动禅杖就和小青打了起来。白娘子因有身孕，只得施法水漫金山。法海脱下袈裟向空中一甩，罩住了金山寺。白娘子无奈，只好退掉洪水，和丈夫返回杭州。

许仙知道妻子虽非凡人，但比许多凡人更善良，更有仁义。不久，妻子生下一个可爱的儿子，全家过得幸福快乐。谁知包藏祸心的法海，手持金钵上门，扬言要收妖。许仙哀求法海放过妻子，丧尽天良的法海硬闯进来，用金钵对准白娘子。小青要跟他拼命，白娘子催促小青快走，小青因而得救。白娘子现出了原形，被邪恶的法海收到金钵内，压在西湖边的雷峰塔下。

从此一家妻离子散，许仙终日以泪洗面，恨死了法海。

妖，绝非全坏，也有好的；人，更无完人，亦有坏的。看事物要一分为二。

小青只身逃回了峨眉山，她自知武术和道行都不及法海，只得延师学习，苦练过硬本领。

十八年后，小青信心百倍地来净慈寺找法海报仇，二人大战几十个回合。小青为正义而战，越战越勇；法海为私利而斗，越斗越怯。法海斗不过小青，落荒而逃。他慌不择路，一个金蝉脱壳跳进西湖，躲到一只螃蟹的硬壳里。

小青扬起神奇的宝剑，猛向附近的雷峰塔劈去。她手起剑落，只见寒光一闪，突然轰隆隆一声巨响，地动山摇，压着白娘子的雷峰塔倒塌。一道白光过后，白蛇又恢复了人形。白娘子回到保和堂，夫妻二人互诉衷肠，流下了幸福的热泪。这时儿子已长成英俊的小伙子，一家人快乐地生活在一起。

躲在螃蟹硬壳里的法海，度日如年。他不敢出来，生怕白娘子姐妹要他的性命。可是，勇敢机灵的小青还是捉到了他，把这螃蟹锁在铁匣子里，以保万无一失，然后才跟白娘子商量该如何处置他。

“姐姐，法海已成笼中之鸟，瓮中之鳖，”小青兴奋地对白娘子说，“他既把你锁在雷峰塔下压了十八年，我们就把他打下十八层地狱吧！”

“放了他吧！冤家宜解不宜结。”白娘子斩钉截铁地说。

“放了他？你疯了！”小青以为听错了。

“冤冤相报何时了？”白娘子说，“靠武力征服的只是人的躯体，只有爱心和宽宏大度才能赢得人心。不如我们用宽容的心去原谅他，给他自我反省的机会，也给自己带来心灵的安慰，这不是很好吗？”

小青很不情愿地打开铁匣子，放了法海。满脸羞愧的法海跪在白娘子和小青面前，痛哭流涕地说：“我错了。我以为凡妖必坏，其实，我干了多少荒唐的坏事啊！我已经被你们的宽宏大度征服了，良心受到谴责，今后发誓重新做人。”说完，他化作一道青烟，飘然而去……

据说，法海果然洗心革面，脱胎换骨，潜心佛学，广施善缘，成为一代圣僧。

白娘子，谱写了一曲宽宏大度的动人乐章。

午·马

日行千里绝非追名逐利，
战功赫赫从不标榜自己。
倒是有人直拍你的屁股，
怀抱着一个卑鄙的目的。

骏马的理想

马驰千里道，花发十分红。

如果马失去驰骋疆场，奔腾大草原的机会，他会感到幸福吗?

马年，一处风景区有一匹供人合影的骏马，他长得高大威武。每天，数不清的社会名流、俊男美女，都喜欢骑着他合影留念。

一天，一头拉车的驴子经过，艳羡地对骏马说：“你的生活多么浪漫而潇洒，多么富有诗意呵！”

“哪里见得?”骏马不解，反问道。

“这不明摆着吗?你住的是风景名胜区，吃的是精美食品，交往的是富豪名流，”驴子滔滔不绝地说，“更令人神往的，是你以一帧帧漂亮的照片上画报、上影视，真是神仙也不及你快活呵！”

“此言差矣！”骏马悲哀地说，“我的理想是驰骋于千里疆场之上，奔腾于万里草原之中，谁知今日我竟成为供人出售赚钱的玩具，这多么不幸呵！早知如此，还不如投胎变一头驴子，即使推磨拉车，也比这无聊的生活好百倍呀！”

各人的价值观不同，看法往往相反。

马年伊始，马的大家族也盛情邀请他们的远房亲戚——河马、斑马、海马等，举行了一个隆重的庆祝大会。

会上，红鬃马致开幕词后，河马先生做了热情洋溢的发言，他激动地说道：

“我们这个带‘马’字的种族，是天下最优秀的群体。因此人们无不用世上最美好的语言赞颂我们，例如千里马、马不停蹄、马到成功、龙马精神、天马行空、兵强马壮、金戈铁马、识途老马等，看啊，我们马族多么光荣、多么伟大、多么崇高！”河马赞扬一番之后，语锋一转，继续说：

“你们知道吗，那日行千里、叱咤风云、战功显赫的千里马，他就是我的大哥哥；那健步如飞、善良勤劳、美丽温柔的斑马，她就是我的小妹妹。我为有如此出色的兄妹而感到无比的骄傲。”河马意犹未尽，得意地自我介绍说：

“老夫排行第二。讲本事嘛，鄙马既可以在陆上生活，更能在水里栖身，比大哥小妹略胜一筹；论身体嘛，鄙马魁梧强健，跟大哥小妹比毫不逊色……”

“河马先生，”黑狗在台下叫道，“那无比丑陋、骨瘦如柴、小得可怜的海马，大概也是你的亲兄弟吧？”

河马勃然大怒。

“你是说生活在浅海里的那小不点儿吗？”河

马抗议道，“呸，我哪能有如此卑劣低贱的兄弟！你不能因为他的臭名上沾了一个‘马’字，就无缘无故地把我们扯在一起，那实在荒唐透顶……”

台下爆发出一阵哄笑。

千里马的胸怀

一匹誉满天下的千里马，掌握了一套非凡的本领。如果谁能学到这套本领，就可以成为名副其实的千里马。于是群马断言：千里马一定不会把看家本领传播出去，否则他就不能保持荣誉了。

然而，千里马毫不保留地把自己的本领教给了小马。为了让更多的小马学好本领，他举办各种类型的培训班、学习班、进修班，并因材施教，使小马们学得活、学得好、学得精。

一匹饱经世故的老马，百思不解地问道："千里马呀，你就不怕小马们超过你吗？"

千里马朗声笑道："小马们超过我，说明后继有人，这难道不是天大的好事吗？"

果然，不少小马在许多方面已超过了千里马。

眼看千里马锦标赛又快开始了，老马又不无担心地问道："千里马呀，你果真不怕失掉保持多年的荣誉吗？"

千里马高兴地回答道："我想的不是为自己保持荣誉，而是让小马们都成为千里马，贡献才智，造福社会，都获得荣誉，这才是我的最大愿望！"

老马和小马们对千里马的崇高人格和博大胸怀，不禁肃然起敬。

黑马夺魁

在万国赛马会中，红鬃马、黄骠马、白龙驹都获得好成绩，荣膺“千里马”的桂冠，黑马则名落孙山。于是他听到许多闲言碎语。有的说：“伯乐从未相过黑马，亏他有脸参加比赛！”有的说：“也不撒泡尿照照自己，凭他的熊样就不配有名次！”有的说：“黑马能夺魁？除非太阳从西天出来！”黑马听了，一言不发。

黑马想：我也有强壮的体格、矫健的四肢，为啥不能成为千里马？于是决心通过自己的努力，奋起直追，迎头赶上。

天道酬勤。经过一年多的刻苦训练，黑马居然从日跑八百里上升到九百里。但不知怎么的，即使使出吃奶的气力，也突破不了一千里这个“极限”。

黑马懊丧极了。一天，正当他无精打采地练跑时，不知从什么地方蹿出一只吊睛白额饿虎，猛扑过来。黑马惊恐万状，闪电般地没命狂奔。也不知从哪里来的气力，不久竟然将猛虎远远地甩在后面。黑马脱离危险后，再看看当日跑过的路程，足足一千二百里！

于是，黑马满怀信心地参加了下一届的万国赛马会，竟以最优异的成绩一举夺魁。名列黑马后面的黄骠马、红鬃马和白龙驹百思不解，问他夺魁的秘诀是什么。

“我参加比赛如同战斗演习，心中有个假想

敌。”黑马告诉同伴说，“我一上赛场就如同上战场，设想是跟老虎或狮子竞跑，如果不是超过他，就是被他吃掉。因此，我赢得了时间，赛出了好成绩！”

把竞争的压力，变成巨大的动力，就能稳操胜券。

好马的标准

两匹马在渺无人烟的荒原中奔驰，忽然发现路边有一处水草，就吃饱喝足，继续前行。这样跑了大半天，来到一片茫茫的大沙漠，找不到一根草，看不到一滴水。这时，他们饥渴难忍。经验告诉他们：前面相当远的路程，不可能再出现水草丰美的绿洲了。

“我们回头吧。”一匹马建议说。

“不，你不是常说，我们要做一匹好马吗？”另一匹马断然拒绝。

“做一匹好马又怎样？”

“老话说得好：好马不吃回头草。”

“那是世俗偏见，我们不能被它束缚。”

“这是祖宗遗训，我们岂能违背它！”

他们谁也说服不了谁，只好分道扬镳。

后来，那匹“吃回头草”的马活着回来了，并立下了赫赫战功；而那匹“不吃回头草”的马则饿毙于途中。人们扼腕叹息，都说：

“当前面是一条绝路时，回头是岸；其实好马的标准不在乎回头不回头，而在于是否做出奉献！”

世事纷繁复杂，道路艰辛曲折。当抱着老教条死不放手时，就会陷入一种可悲的境地。

暴怒的野马

在茫茫的大草原上，一匹野马正在悠闲地吃草。突然，一只身形极小的吸血蝙蝠，不知不觉地趴在马腿上，用锋利的牙齿刺破他的皮肉，用尖尖的嘴吸起血来。

“滚开，快滚开！”野马狂怒地吼道，“你这讨厌的吸血鬼！”

“我只要一点点血就能活命了，”蝙蝠可怜巴巴地说，“在你，是根本不在乎这一点血的。”

无论野马怎样蹦跳、狂奔，都无法驱逐这小蝙蝠。直到蝙蝠吸饱喝足，才满意地飞去。结果，野马在暴怒、狂奔和流血中死去了。

目睹这悲剧全过程的鸟儿说：“唉，本来蝙蝠吸的血量是微不足道的，无毒，更不会致命；野马之死，应归咎于他暴怒的习性和狂奔不止的操劳啊。”

不能忍受一点微小的挫折，往往会付出巨大的代价。

美丽的斑马

据说，很久很久以前，斑马面目可憎，形貌丑陋。他们跪求造物主：“主呵，赐我们以美丽吧。”造物主回答说：“美丽要靠自己去创造，你们好自为之吧。”

从此，斑马一改懒慢、自私、斗殴的恶习，代之以勤奋、互助、献身的精神。他们习惯成群活动，并由一匹斑马主动担任警戒，一旦敌情出现，就警告同伴们立即逃离。

有一次，斑马群遭遇一群狮子的袭击。斑马群中立即有一匹强壮的斑马挺身而出，他高喊：“同胞们快跑，让我顶住敌人！”他拦住顽敌，单独与之搏斗，留下时间让同伴们撤退。他由于敌强我弱而壮烈牺牲。狮子再度追赶，又会有一匹勇敢的斑马站出来。如此再三，保护了万千的斑马免遭灭顶之灾。事后，斑马们为烈士举行隆重的追悼会，以学习英雄的献身精神。

在长期的生存环境中，斑马身上布满了黑白相间的条纹，显得非常美丽。造物主高兴地说：“斑马不但外貌美，心灵也多美呵。”

红马和白马

红马和白马在一起长大，他们除毛色不同之外，几无差别。一天，来了一批善于拍马屁的人，对他们进行肉麻的吹捧。

阿甲言不由衷地说："看哪，这红马白马真不简单，行如疾风，动如闪电！"

阿乙虚情假意地说："呵呵，这两匹马真是世间罕见，一红一白，绝无半根杂毛！"

阿丙更是说得天花乱坠："嗨哎，这两匹马宛如天马行空，我看定是仙界下凡！"

…… ……

红马听罢，心感厌恶，一言不发；白马听了，飘飘欲仙，频频道谢。

一位将军却直言不讳地说："这两匹马并非十全十美，你看他们桀骜不驯，充满野性，弄不好会闯大祸的！"

一个少年也率直地说："看呀，这两匹马脚掌上的马蹄铁磨得差不多了，不换恐怕会出事！"

红马听了这些刺耳的话，露出欣喜的神情，觉得句句金玉良言，下决心改掉各种缺点，并及时换了马蹄铁；白马则十分反感，认为是恶语中伤，有意挑剔，他依然我行我素，一点不改。

后来，红马成为一匹日行千里的骏马，在疆场上屡立战功；白马呢，因为性情暴烈不易驾驭，只配去给农夫推磨拉车。

古人说："信言不美，美言不信。"诚哉斯言！

骏马和驽马

主人有两匹马，一被伯乐相为骏马，一被相为驽马。可主人让他们吃同样的草料，干同样的工作——天天推磨拉车，并美其名曰“一视同仁”。

于是驽马说开了：“伯乐这老头儿真可恶，凭什么把我们分为骏马和驽马？其实你拉车并不比我快，我推磨也不比你差，大家吃的住的完全一样，可见我和你毫无区别！”

骏马听了，一言不发。

后来发生战争，由于战事紧急，需要大批战马，骏马和驽马都被征集上了前线。

在战场上，那矫健壮实、胸宽臀圆的骏马，飞跑起来，四蹄腾空，如流星，如闪电，如脱弦之箭。将军骑着他，日行千里，如入无人之境。他一声长嘶，敌人闻之丧胆……在历次战斗中，他不知立下了多少赫赫战功。

可那匹驽马，尽管也长着一团肥肉，可行动缓慢，一看到刀光剑影就吓得浑身哆嗦，将军怒不可遏，几次忍不住要宰了他……

一次偶然的机会，骏马和驽马又碰面了。骏马说：“现在，你该看到我们的根本区别了吧！”

能受天磨真好汉，不遭人忌是庸才。是金子就终会发光。

在弱肉强食的生存竞争中，马养成了站着睡觉的习惯，从不躺下，他总是扬着头站着，闭上眼睛就可以睡一觉。特别是在奔波疲倦以后，他站在树荫下低头闭眼也可以打一次“磕睡”。一只狼紧紧盯上了马，马的一举一动，都让狼看得清清楚楚。

“多肥的马儿呵，”狼垂涎三尺，“一条腿，就够我吃好几天了。”但狼不敢轻易吃马，马儿毕竟是大块头呀，谁知道他的力气有多大呢。

狼试探地接近马。见马既不进攻，也不逃离，狼高兴极了，偷偷地绕到马屁股后面，龇牙咧嘴，对着马腿就咬。

只见马儿扬起后腿，照着狼脸狠狠一踢，顿时，狼脸上鲜血四溅，嘴歪鼻肿，在地上打了几个滚，哀嚎着爬起来就跑。

“站住！”马喊道，“我送你厚礼，你还没有谢我呢。”

“你送我什么礼物？”狼哭丧着脸说。

“我的礼物就是——记住：马儿睡觉时也警惕百倍，今后千万别重蹈覆辙！”

宝马等伯乐

有那么一匹宝马，他出身高贵，从名牌大学毕业之后，天天等伯乐，决心干一番大事业，以扬名千古。

富商以百万高薪聘请宝马长途跑生意，他摇摇头说：“做生意风险大，而且这又不是铁饭碗，我要的是金饭碗呀！”

驭手以极其优厚的待遇叫宝马搞运输，他更一口回绝：“只有蠢驴才会跟你去拉车，我才不干这下等的苦差事！”

导演让宝马到马戏团里当演员，他苦笑说：“在娱乐圈里会有什么出息？在舞台上奔波劳碌，简直是浪费青春！”

将军诚邀宝马奔赴万里疆场立战功，他一听吓得要死，说：“打仗太残酷太危险了，枪林弹雨，血肉横飞，古今征战几人回？”

宝马天天等伯乐，直等到年老力衰毛脱齿落，就是不见伯乐的踪影。有人说，世间的伯乐岂止一个，那富商、驭手、导演、将军就是伯乐呀。宝马这才猛然惊醒，自己年富力强时错过的机遇何其多！可是这时他已经老得跑不动了，怪谁呢？

马相伯乐

相马专家伯乐奉皇帝之命征选天下千里马，消息不胫而走。有那么几匹马，闻风而动，亲自登门“相”伯乐。他们带着厚礼，呈上名片，说千里马非他们莫属，一定要选上。伯乐抬头一望，心知肚明，这不过是几匹普通的劣马，然而还是不动声色，询问道：“说吧，诸位各有什么本事和特长呢？”

甲马趾高气扬地说：“当代亿万富翁骑的黄骠马，就是我的生父。”

乙马有恃无恐地说：“目前宰相骑的乌骓马，就是我的爷爷。”

丙马耀武扬威地说：“现在三军统帅骑的红鬃马，是我的亲叔叔。”

丁马目空一切地说：“当今皇帝骑的白龙驹，是我的干爸爸。”

伯乐听了冷笑道：“诸位各有高贵的血统——这就是你们的‘本事’吗？可惜找错人了，还是请你们另请高明吧！”

于是伯乐郑重宣布：鉴于形势发展和工作需要，今后拟将“相马”改为“赛马”，凡有志于参加竞选的精英，都可到赛马场上施展才干，一比高低……

这一重大改革，天下骏马无不欢欣鼓舞，跃跃欲试，只有那几匹想找关系走后门的驽马害怕当场出丑，灰溜溜地跑了。

未·羊

天生一对犄角却软弱无能，
平白无辜甘愿替人担当罪名；
须知这个世界不相信眼泪，
何时能做个铁骨铮铮的英雄！

羊年改名风波

羊欢芳草地，燕舞艳阳天。

羊年到了。羊家族举行盛大集会，讨论如何改变羊的命运。会上群情激昂，争论热烈。黄羊主张制订一部法典，立法保护羊的权益；羚羊提议练武强身，抗击敌害；绵羊希望请天帝神灵监护，明令禁止弱肉强食，违者满门抄斩……

“羊是弱者的代名词，”山羊一语惊人，“比如说替罪羊，好像上帝造羊，就是专门用来为人替罪似的——这名字非改不可！”

山羊的提议全获赞同。山羊胡子长，证明他博学多才，在讨论改个什么名字时，山羊说：

“‘羊’字去头弃尾，就是‘王’字，‘羊’一律改称为‘王’，我山羊就叫‘山王’吧。”

“改得好，”绵羊兴高采烈，“今后我绵羊也叫‘绵王’了。”

“为使我们跟虎王相区别，”羚羊想得很周到，“我看干脆在‘王’字前面加一个‘大’字。”

“说得对！”黄羊眉飞色舞，“大哥叫‘山大王’，二哥叫‘羚大王’，老三我叫‘黄大王’，四弟就叫‘绵大王’……”

山林百兽听说新近又有了四个“大王”，纷纷前来参拜，俯首称臣；四“大王”高高在上，趾高气扬，好不威风。

虎王听说辖地来了四“大王”，吓得大惊失

色。狐狸宰相笑道：“什么四大王？四只羊而已。”他如此这般对虎王耳语一番，虎王直乐得笑出了声。

第二天，狐狸通报说：“四大王英名，如雷贯耳，虎王将和狼将军前来参见。”

四“大王”一听，魂飞魄散，跪在地上哀求说：“我们并不是什么大王，希望虎王和狼将军不要来参见了……”

“你们不是叫作什么‘山大王’‘羚大王’‘黄大王’和‘绵大王’的吗？”狐狸笑着说，“这些名字蛮好嘛。”

“不，我叫山羊，”山羊郑重更正说，“二弟叫羚羊，三弟叫黄羊，四弟叫绵羊。请勿误会。”

改名闹剧烟消云散，狐狸大笑而去。

没有实力，改个名字也无济于事。

哦，领头羊

野羊群里，常由身强力壮者担任领头羊，负责报讯、指挥和警卫的任务。一旦遭遇不测，则由另一身强力壮者继任。

一天，一群黄羊被群狼紧紧追赶，距离越来越近，眼看全军覆灭的命运几不可免。

“来个一网打尽，半只不留！”恶狼狞笑了。

“同胞们快跑，别管我！”一直带领队伍冲在最前面的领头羊，突然掉转头来，以身躯挡住顽敌。待恶狼反应过来，队伍与狼群已拉开一段距离……

领头羊牺牲后，继任者带领队伍奔跑。

“同胞们快跑，别管我！”继任的领头羊也以一己之死，掩护队伍逃离狼群。

第三任领头羊，率领队伍向山谷奔跑。他发现前面的通道有一狭窄沟口，心中窃喜。

“同胞们快跑，别管我！”待队伍全部通过后，他突然以身躯将沟口紧紧堵住。待恶狼再一次反应过来，羊群已跑得无影无踪。

哦，领头羊，他们大无畏的自我牺牲精神，真是惊天地而泣鬼神。羊们每次说起他们的英雄事迹，无不为之动容。

豹和狼同时盯上一只羊，步步追近。

“两位大哥，我是跑不掉的。”羊神态自若地说，“弱肉强食，自古而然，我死而无憾。但死之前，我想向你们提供一个方案，就是怎样分配羊肉。”

“什么？”豹和狼迫不及待，“快说！”

“豹大哥身子大食量大，应得整身羊肉；狼二哥身子食量小一点，分得羊的四肢就足够了。”

“不行！”狼跳出来吼道，“我反对！”

“那么狼二哥改为分得整个羊身，豹大哥改为分得羊的四肢，如何？”羊改口说。

“更不行！”豹目露凶光，“岂有此理！”

“总不能搞绝对平均吧？”羊左右为难。

这时，豹和狼都想搞掉对方，独吞猎物。于是，一场势不两立的血战在所难免。

结果，豹和狼两败俱伤，一只断了前腿，一只断了后腿。羊则在他们打得难分难解时，大摇大摆地走了。

利用矛盾，是克敌制胜的法宝。

智勇双全的羚羊

一头猎豹远远地看到一只羚羊。

“你跑不掉了。”猎豹目露凶光，得意地说，“我每小时奔跑一百多公里，你不足七十公里，你必死无疑，认命吧！”

“那倒未必，”羚羊自信地答道，“你跑得虽快，但比不上我灵活！”

于是羚羊扬蹄飞奔，猎豹在后面猛追。

每当猎豹快追上羚羊时，羚羊就突然来一个九十度的急拐弯，猎豹猛扑过去，摔了个趔趄。待他爬起来时，已与羚羊拉开一段距离。这样一而再，再而三，猎豹仍紧追不舍。羚羊把他引到悬崖边，说时迟，那时快，只见猎豹纵身一扑，羚羊又猛地急拐弯，猎豹猝不及防，跌下悬崖，粉身碎骨。

山猫亲眼看到猎豹堕崖而死，快乐得一跳三尺高：“羚羊，真是智勇双全的好汉！”

关键时刻善于“拐弯”，这也是一种生存的智慧。

牧羊犬为捍卫羊群的安全，经常要跟恶狼进行殊死的搏斗。当他看到公羊头上长着一双锋利的角时，不禁问道："公羊呵，你的角是干什么的？"

"战斗呗，蠢家伙！"公羊见问得好笑，没好气地说，"如果不是为战斗，要它何用？"

"你要跟谁战斗呢？"

"当然是同伴呗！"

这时，恰好另一只公羊走来。两只公羊碰到一块，不问三七二十一，就像仇敌一样，四角相抵，发出咯咯的响声，仿佛不斗个你死我活，就不是英雄好汉。

突然，一只灰狼趁机扑向公羊。两只公羊立即放下对方，落荒而逃。

牧羊犬挺身而上，跟灰狼展开血战，终于战胜顽敌，保护了羊群。他感慨地说：

"唉，公羊的角不是对准敌人，而是搞窝里斗，用来对付同胞，这真是弱者的悲哀呵。"

山羊智杀毒蛇

黄牛、骡马和山羊正在吃草，忽见“嗒嗒嗒”几声响动，一条大蛇昂着头猛窜过来。

“快跑，迟了就活不成了！”黄牛、骡马仓皇逃命。他们知道，这种蛇极毒，而且凶猛暴烈，谁要是被咬一口，必死无疑。

山羊叫了一声，安抚大家不要害怕，他勇敢地迎了上去。大蛇“嗞嗞嗞”地咆哮着，伺机攻击；山羊瞪着血红的眼睛，巧妙周旋。突然，山羊一脚踏住蛇头，蛇怒不可遏，用身体把山羊拦腰缠住，越缠越紧，试图把他缠死。山羊不住地吐气，让肚子瘪下来，诱使蛇缠得更紧。只见他运足力气，一声猛咳，再使劲鼓气，蛇的骨节顿时被拉脱，像根烂草绳，纷纷松散脱落下来，黄牛和骡马见大蛇已死，非常高兴，问山羊何以能战胜强敌。

“毒蛇有两个绝招，一是咬人，二是缠身，”山羊回答道，“我踏住蛇头，使他不能施暴；他要缠身，我将计就计，使他陷入我设的圈套。”

有道是：知己知彼，百战百胜。

草地上，绵羊和朋友们一起觅食嬉戏，突然受到大灰狼的袭击。结果，兔子凭着善跑的四条腿逃离险境；锦鸡凭着双翅飞上天空；刺猬凭着浑身的硬刺使恶狼不敢近前；野猪凭着锋利的爪牙与恶狼搏斗……只有绵羊，几乎毫无抵抗地成为恶狼的美味佳肴。

绵羊的灵魂飘飘然上了天，见了上帝。

“上帝呀，你太不公平了，”绵羊哭哭啼啼，“你赐给其他动物的是善跑的四肢、能飞的双翅、浑身的硬刺和锋利的爪牙，只有我，什么自卫的武器也没有！”

“在水上照一照你头上两只角吧，你怎么不用它抵抗敌人？”上帝慈祥地说。

“头上的两只角？”绵羊惊异地说，“我怎么想不到它也是抵挡敌人的武器？”

“凡事用则进，不用则废，”上帝晓谕说，“你平日一味贪图安逸，不思自强自立，使武器终成无用之物，以致成为强敌的俎上肉、盘中餐，你除了怨自己，还能说什么？”

绵羊羞愧得无地自容。

不愿替罪的羊

这是古代的事了。一天，齐宣王坐在殿堂上见仆人牵牛而过，问他干什么，仆人说是杀牛祭钟。宣王要求以羊换牛，说："放了牛吧！我不忍心看他无辜被杀死。"

宣王的话被狗听到了，立即告诉羊说："大祸临头了，赶快逃跑吧！"

羊一听非常气愤，说："我也是一条鲜活的生命，为什么要我替罪送死？"于是他马上逃命。

仆人磨刀霍霍准备杀羊，到羊圈里一看却不见了羊，跟狗有仇隙的猫说是狗告的密，仆人大怒，把狗捉住，要杀他祭钟。

麻雀见状，立即把事态飞报逃跑的羊。羊说："狗好心救我，却落得如此下场，我不能见死不救呵！"

羊跑回来对仆人说："让我死吧，可别杀狗！"仆人见羊回来，就把狗放掉，准备杀羊。

然而狗说："我老了，活够了，让我顶替年轻的羊吧。"羊横竖执意不肯……

仆人被感动了，他终于放下屠刀，准备向宣王请罪，说："看来，虚伪的假慈悲，是多么荒唐可笑呵。"

披着虎皮的羊

一只屡受欺侮的山羊，不知怎么的，弄到一副虎皮。

山羊披着虎皮走到百兽中间，眼前的景象真使他难以置信——

只见猪、牛、马、兔这些善良之辈，吓得魂不附体，四散而逃。

而豺、狼、豹、狗这些凶狠之徒，则恭恭敬敬，俯首称臣。

最狡猾的狐狸，则大献殷勤，大唱赞歌，奴颜婢膝的丑态使人忍俊不禁。

唯有大象，仿佛什么也没发生，依然我行我素，潇洒自在。

面对大象的无礼，山羊愤怒了，他禁不住大喝一声："知道我是谁吗，我是……"谁知"百兽之王"这四个字还未出口，豺狼们一拥而上，将他撕成肉片，因为一出声就暴露了他的真实身份了。

大象见此惨象，慨然叹道："唉，以假象自欺欺人，能有好结局吗？"

绵羊与法官

一群绵羊正悠闲地吃草，一只恶狼进行突然袭击，把一只母绵羊残忍地杀而食之。公绵羊悲痛欲绝，为此告到法院，以求伸张正义。

初级法院的猫法官说："当今是弱肉强食、优胜劣汰的时代，你妻子既是弱势群体，为什么不学些本领保护自己？狼来了为什么不爬到树上躲藏？可见要怪，这只能怪她自己！"

公绵羊不服，上诉至中级法院。狐狸法官说："对待强敌应当无所畏惧，英勇搏斗。既然羊不是狼的对手，为什么不用智谋克敌制胜？听过狐假虎威的故事吧，为什么不能活学活用？可见你们不但是胆小鬼，而且是十足的傻瓜！"

公绵羊越听越糊涂，上诉至高级法院。狗熊法官说："宇宙的生存法则，就是'物竞天择，适者生存'。狼为什么不敢吃狮、虎、熊、豹？狼为什么专吃绵羊？别怨天尤人了，这只能说明你们命该如此！"

公绵羊越听越愤怒，他冲出法院，仰天长啸："天哪，这个世界公理何在？正义何在？良心何在？"

大河两岸的羚羊

一条大河汹涌澎湃，南北两岸羚羊的往来被隔断了。为沟通讯息，热情的大雁为他们传递书信。

南岸羚羊的信写道："为躲避敌害，我们好不容易找到南岸。这里简直是天堂！不但水草丰美食物充足，而且环境幽静景色宜人，更重要的是没有豺狼虎豹伤害。我们饱食终日，高枕无忧，日子过得非常幸福………"

北岸羚羊的信写道："我们同样为躲避敌害，千里跋涉搬到北岸。满以为过上太平日子了，殊不知更糟！这里是狼虎出没之地，但我们已无后退之路，只得艰难住下。为了生存，我们不得不日奔夜跑，简直生活在地狱！真羡慕死你们了，可恨大河无情，有福难以共享。"

若干年过去了。

一条大桥横跨两岸，羚羊们能够自由往来了。他们见面后，双方都大吃一惊。只见南岸羚羊体弱多病，几乎濒于灭绝；而北岸羚羊身强体壮，子孙兴旺……

"真不可思议！"南岸羚羊说，"一河之隔，为什么你们身体如此强健，家族如此兴盛？我们并不缺少食物，为什么如此衰败？"

"道理很简单，"北岸羚羊答道，"我们为跟狼虎做斗争，不得不练就坚强的体魄；你们过着安逸的生活，生理的本能已逐渐退化，不百病缠身才怪呢。"

圣人说得好：生于忧患，死于安乐。

读过《狼和小羊》吧？故事说：小羊在河边喝水，狼想找个借口吃掉他，便责备他把水搅浑了，小羊说自己是在下游；狼又说小羊去年骂过他的爸爸，小羊说那时候他还没有出生。狼突然凶相毕露，不管怎么说都要吃掉他……

后来小羊被吃了吗？伊索没有明说。

原来这是一只绝顶聪明的小羊。他见狼猛然扑过来，笑道：“狼先生，我迟早都是您的美味佳肴，您何必性急呢，我还有话对您说。”

“还有什么话？快说！”狼急不可待，“老子三天没吃东西了，饿死我了。”

“早上，我发现一块据说能延年益寿的美食，本来是想留作午餐的，”小羊说，“我既无命消受了，留下也无益，不如把它进献给您吧。”

狼听了满心欢喜，他多想长命百岁呵。狼想，待我吃了美食，再捉住小羊做晚餐也不迟，反正这小家伙插翅难飞，跑不了。小羊把狼引到一个捕兽夹前，狼不晓得这是何物，只见香喷喷的一块大肥肉，顿时垂涎欲滴，于是伸爪就拿，“咔嚓”一声，结果被夹子牢牢夹住。狼疼得喊爹叫娘，大骂小羊：“真想不到你这小杂种，竟会如此坑害我！”

小羊大笑道：“我该回家了；你就在这儿好好消受美食，等待好客的猎人来邀请吧……”

申·猴

习惯四肢着地怎能挺直腰身，
留恋树上生活必然世代爬行。
恪守着老祖宗一套不思改变，
再过十万年也休想进化成人。

羊衔金穗去，猴捧寿桃来。

丙申猴年，网语流行“猴赛雷”（粤语谐音“好犀利”），用来表达人们对事物的惊讶之情。猴王听了大喜，立即召开全球狂欢大会，欢迎各地臣民献技演出，过一个最欢乐的猴年。

亚洲猴子从一棵高山的树上，纵身一跃，飞到另一座山的树上。两山的距离，足有一千多米。这“空中飞猴”的绝技，博得全场喝彩。

欧洲猴子赤身穿越了一百个熊熊燃烧着的火圈，临场脸不红心不跳，事后毛发丝毫无损。精彩的表演，不知倾倒了多少观众。

来自非洲原始森林里的黑猩猩说：“我没有亚欧同胞的绝技，但我一身兼数职，在家里能当保姆，在地里能当农业工人，在外边能当邮递员，在马戏团里能当演员。”接着，他当众表演用钥匙开门、拖地板、洗衣服、照顾孩子和病人，他会骑自行车、传递信件，他会开拖拉机、用铲子挖地，甚至还会画画、牧羊，会用人类语言交流思想……这个出色的多面手，令观众惊叹不已。

最奇葩的是南美洲密林中的吼猴，他说：“我什么也不会，但会大喊大叫。”猴王令他当众表演。只见他一发声，如十万个雷霆轰鸣，如千百个炸弹爆炸，震撼四野，响彻长空。声音传到天上，玉帝大叫：“不好了，人间又发生大地震！”猴王怕惊扰世界，急令休赛，笑着说：“吼猴位列世界第十大最吵闹动物的榜首，真是名不虚传！”

正是：物竞天择，适者生存；天生万物，各有千秋。

故步自封的猴王

好不容易盼到了猴年，举国欢庆之际，有人不禁问：千百年来，高智商的猴子为什么没进化为人呢?

一天晚上，群猴在一起观看电视片《人类进化史》，当他们知道人类是由猴子进化而来的时候，不禁群情激奋，立即爆发了一场热烈的争论。要知道，他们对人类是多么向往啊。

“我们也要变成人！”一只名叫“智多星”的猴子说，“我们要下地直立行走，用双手制造工具，创造财富！”

“对！”另一只叫“猴博士”的也跟着说，“我们并不笨，人类能做到的，我们也能做得到！”

“我虽一大把年纪了，但也想过上几天人类的生活哩。”老猴子壮心不已。

“我们一定要艰苦拼搏，不实现理想决不罢休！”小猴子血气方刚。

猴王听了，气得七窍生烟，他想，如果猴子变成人，我还能继续称王称霸吗？于是他立即喝住群猴。

“混账东西！”猴王开口骂道，“既然人类是由猴子进化来的，就是说，猴子是人类的老祖宗，人是猴的后代！这个光荣得来不易，为什么还要变成人？蠢材，傻瓜！”

为了稳坐王位，猴王故步自封，不思进取，并严格禁止猴子谈论此事，否则将受到严厉惩罚。

虽然猴王“谈人色变”，可是却有那么一只具有叛逆精神的猴子，他背着猴王偷偷地跑到造物主那里，长跪不起，恳求造物主说：“万能的主呵，把我变成人吧！”

“做人不容易呵。”造物主告诫说。

“做人有何难？”猴子大不以为然，“住高楼，吃美食，坐靓车，艳装丽服，卡拉OK，这何等潇洒，何等风光！”

“你就知道享受的快乐，不懂得创造的艰辛！”造物主笑骂道，“单凭这一点，你就永远做不了人！”

然而猴子声泪俱下，态度极其诚恳，造物主无奈地授予猴子八个大字：“自食其力，挺直腰杆。”并说“努力践行这八字诀”，就会成为一个真正的人。

猴子千恩万谢辞别造物主。回来的路上，看到农人晒在地上的花生、玉米什么的，垂涎欲滴，早把“做人八字诀”丢到了九霄云外，趁人不注意，就弯腰曲背抓来偷吃；看到农人栽种的桃子、栗子什么的，就弓着身子爬上树，偷吃不误。如此日复一日，年复一年，丝毫没改变。他什么也没干，吃饱睡足，希望一觉醒来，奇迹突然出现……

若干年过去了，猴子并没变成人。他又去造访造物主。造物主大吃一惊，问道：“你践行‘做人八字诀’了吗？”

“我禁不住诱惑，又怕苦怕累，”猴子回答说，“一看到人家的东西，就身不由主弯腰曲背伸手去偷，我的四肢总是习惯爬行，难以改变呵。”

造物主摇头叹息，苦笑说：“又想堂堂正正做人，又不抛弃偷偷摸摸的恶习，世间哪有此等好事？不挺直腰杆，怎能做人！”

猴子们围在一起，观看电视剧《西游记》，一只只抓耳挠腮，龇牙咧嘴，乐不可支。

“都说人类能干，其实最窝囊！”猴王说，“唐僧如果没有我们老祖宗孙大圣的保驾，他寸步难行！”

“对极了，猴子最聪明伟大！”老猴接过话茬，“美猴王七十二变，一个筋斗十万八千里，这奇迹人类能创造出来吗？”

“都说猪很蠢牛很笨，但也远比人类强，”小猴也发表高见，“你看猪八戒和牛魔王就了不起呀！”

突然，电灯熄灭，室内一片漆黑，猴子们的高谈阔论也中断了。和猴子在一起看电视的黑猫冷笑道：

“聪明伟大的猴先生猴女士们，现在是你们施展才干的时候了，为什么喊爹骂娘，在一旁干着急呵？”

转瞬间，电灯复明，《西游记》继续。主人说保险丝断了，他重新换上一条就通电了。

这时候，猴子们七嘴八舌的，又说开了：

“早知道如此简单，谁不会干？”

“就连那么简单的原理都不懂，”黑猫毫不客气地奚落道，“说明你们的真正本领，只是善于吹牛撒谎！”

猴子写书

猴子先生倾注毕生精力，写成《山中无虎猴为王》一书。可是书出版后，无人问津。

山羊博士在大报小报上，帮猴子发表评论，吹嘘此书是划时代的“不朽杰作”，是不可多得的“天才巨著”，是每人必读的“天下奇书”……然而读者看了，却一笑置之，反应冷淡。书摆在书店里，积了厚厚一层灰尘。

后来，猴子把书名改为《山中有虎猴为王》，并寄了一本给虎王。虎王一看，勃然大怒，传令狐狸宰相撰文反击。狐狸于是组织了一个写作班子，在大报小报上大放厥词，咒骂猴子是“野心家”“阴谋家”，是“妄图篡权”“白日做梦”，是“癞蛤蟆想吃天鹅肉”……狐狸的文章一出，动物王国为之轰动。顿时，书店门庭若市，猴子的书被抢购一空。尽管一版再版，还是供不应求。

猴子声名大噪，财源滚滚而来。他笑着说：

“真想不到，靠吹捧无济于事，被咒骂倒让我名利双收！”

有时候，按常理办不好的事，运用逆反思维倒能获得意外的成功。

急性猴和慢性猴

看到狒狒在种植果树中发了大财，两只猴子坐不住了。他们各自在山上栽了株桃树，精心培育，辛勤浇水施肥，桃树终于开花结果了。

这两只猴子性格相反，一为急性子，一为慢性子。急性猴不等桃子成熟，便要一一采来出卖。狒狒见状，好心劝阻。

“这未长熟的青桃子，”狒狒痛心地说道，“可不能太快采摘呵。”

发财心切的急性猴，哪里听得进别人的话，结果这些桃子个个苦涩，卖不出去，他的发财愿望落空了。

后来慢性猴的桃子成熟了，桃嘴红红的，散发着诱人的香气。狒狒见了，催促他及时采摘出卖，可是慢性猴说：“别急，别急。等桃子更熟了，卖个更好的价钱。”

结果一场风雨，把熟透的桃子刮落地上，桃子腐烂变质了，他的发财愿望也破灭了。

凡事都有个“度”，走向极端必受惩罚。

猴子与他的金链

一只猴子被猎人逮住卖给一位百万富翁。主人见他机灵伶俐，十分高兴，特别用一条金链锁起来，当成宠物，每日招摇过市，出尽风头。一天，他趁主人一时疏忽，好不容易逃了出来。

这只猴子迅速逃回山林老家，别的猴子见他颈上拖着一条闪闪发光的金链，说："快丢了这劳什子，你要它干什么？"

"不，"猴子说，"我离开山林好几年了，唯一值钱的只有这条金链；丢了它，我岂不是一无所有？"

后来，主人带着猎犬进山林追捕，别的猴子身无牵挂，很快逃离危险；唯有这只猴子的金链被树枝挂住了，慌乱中不能挣脱，结果又被捉了回去。

猴子后悔不迭，叹道："我舍不得一条金链，却失掉了宝贵的自由，真是咎由自取呵！"

虎王任命猴子为森林总管。一天，猴子采摘了一袋栗子，他听人说烧熟了吃更有风味，便生起一堆火，烧烤栗子。山雀见状，急忙劝阻。

“现在秋高气爽，草木干燥，很容易引起火灾。”山雀忧心忡忡地说，“你这样是违反《山林防火条例》的，这不是玩忽职守吗？”

“我是森林总管，我烧栗子干你屁事！”猴子破口大骂，操起一根木棍向山雀狠狠打去，“老子叫你多管闲事！”

幸亏山雀飞得快，不然就没了性命。

果然不出山雀所料，一阵风吹走几星火花，山林熊熊燃烧起来。百兽惊呆了，奋不顾身地投身扑灭山火的战斗……

山火终于被百兽扑灭了，但已造成巨大损失。

虎王下令评选灭火英雄模范。猴子振振有词地说：“为抢救山林，我第一个冲进火海，几乎连命也没有了……”百兽这才注意到，猴子连屁股也被大火烧红了，于是被评为“灭火英雄”，受到虎王的嘉奖。只有山雀亲眼看到，猴子的屁股其实是在烧烤时被灼红的，他愤愤地说：

“呸，什么灭火英雄？分明是个纵火犯！”

在马戏团里，猴子经常扮演小丑的角色。他精湛的技艺、出色的表演、滑稽的动作，常常逗得观众捧腹大笑，因而博得个“小丑明星”的称号。

他的好朋友小狗却为之打抱不平。

“猴哥，”小狗叹口气说，“你整天打滚，翻筋斗，扮鬼脸被人耍，难道不觉得辛苦丢脸吗？”

“辛苦丢脸？”猴子笑着摇了摇头，“我并不觉得有什么不光彩，我倒认为过得很充实很值得。”

“如果扮演英雄豪杰也罢，可你扮演的是滑稽小丑，这真无聊，没意思。”

“老弟，话可不能这样说，”猴子严肃地说道，“我能给人们的生活带来欢声笑语，促进身心健康，这难道不是很有意义吗？”

猴子和贪官

有个猎人捕捉猴子，惯用一种奇特的狩猎工具：在一只固定好的盒子里面，放有猴子爱吃的花生、栗子之类的坚果。盒子上面开了一个小口，刚好够猴子的前爪伸进去，但抓住坚果后就不能抽出来了。

一天，一只馋嘴猴子刚把前爪伸进盒子里抓住花生果，猎人突然出现在他面前。

“放了我吧，好心人！”猴子哀求说。

“放了你？为什么不放下花生果逃命？”猎人呵呵大笑道，“告诉你：我是利用你的贪心习性——不肯放下已经到手的东西，才把你捉住的。你是咎由自取，明白吗，蠢货？”

猴子情知上当，后悔莫及。猎人把猴子带回家，用铁链锁着，让他看守门户。

真是风水轮流转，后来，这猎人当了大官。当官后他贪污受贿，经常收受送上门来的钱物，结果锒铛入狱，判了重刑——这一切，猴子都看得清清楚楚。这一回，轮到猴子笑贪官了。

“放了你？为什么不拒收送来的红包？”猴子嘿嘿地冷笑道，“告诉你，你和我在本质上并没什么区别。但我肚饿贪吃情有可原，你贪赃枉法国法不容。明白吗，蠢货？”

“手莫伸，伸手必被捉”——猴子和贪官上演了一场黑色幽默。

孙悟空随唐僧取经归来，终成正果。一天，他回到故乡花果山探望猴子猴孙。臣民乡亲们见了他，依然亲昵地称他为“美猴王”。

美猴王见猴国官员贪贿成风，就惩治了一批首恶分子，并制定了一部反腐治贪的法典，然后回天国去了。

若干年后，美猴王重回花果山，见猴国腐败依然，不禁大怒。震惊之余，他问臣民：“我已制定了治贪法律，为啥收效甚微？”

“我的好猴王呵，”一个大胆的老猴直言道，“不怕您恼，取经路上您还会偷吃人家的人参果呢，难道法律规定偷东西不犯法吗？”

美猴王哑然失笑。他知道，官员失去监督，再好的法规也是一纸空文。于是，他采取师父对付自己的办法，把官员的乌纱帽一律换成“金箍帽”，让百姓个个都变成“唐僧”，以法律为准绳，如果官员贪赃枉法，每一个“唐僧”都可以念“紧箍咒”，让任何官吏都置于千千万万个“唐僧”的严密监督之下……

这一招果然灵验，屡试不爽。从此猴国廉洁成风，腐败现象绝迹，呈现一派和谐欢乐的景象。

美猴王笑着说：“看来，让我吃尽苦头的‘紧箍咒’，只要运用得法，也是个好东西呵。”

美猴王练兵

美丽富饶的花果山常受到豺狼虎豹的侵犯，为了战胜强敌，美猴王与时俱进，发誓在花果山训练一支纪律严明、步调一致、英勇善战的猴子军队。他制定了严格的制度，自任教官，每天操练不止。

美猴王首先教猴兵认识前、后、左、右、前进、后退、立正、稍息等基本方位和动作，然后说："我喊什么口令，你们就做什么动作，譬如喊'左'，就举左腿，喊'右'，就举右腿，不得有误，明白了吗？"

"明白！"猴兵们齐声说。

"立正！向前——走！向后——退！"

"左——左，左——右——左！"

"立正！稍息！"

"严肃！严肃！违者按军法惩处……"

尽管美猴王费尽喉舌，想尽千方百计，可队伍还是乱糟糟的不成体统，连一个简单的动作也做不好，猴兵们或抓耳挠腮，或挤眉弄眼，很不正经。美猴王火冒三丈，并惩罚了几个为首的猴兵，但还是无济于事。

美猴王训练了一年时间，毫无效果。他不解地自问："我花了这么大的精力，搞了这么长的时间，为什么猴兵纪律这么差，步调这么不一致呢？唉，真的是江山易改，本性难移啊！"美猴王无可奈何，只得把自己的看家本领传授给猴子猴孙。这一招灵了，猴子们个个武艺非凡，敌人闻风丧胆，再不敢欺负他们了。

酉·鸡

不仅外表美，心地也善良，
古人盛赞你具有五种德行*。
只知每天凌晨准时报晓，
牵动了多少勤奋者的心！

*据《韩诗外传》记载：鸡有五德，“首戴冠者，文也；足搏距者，武也；敌在前敢斗者，勇也；得食相告，仁也；守夜不失时，信也”。

鸡鸣大地醒，日照满园春。

古往今来，雄鸡不负众望，坚持司晨报晓，人们赞赏有加。

传说古时候，天帝委托鸟王凤凰，选荐一名鸟类代表，作为十二生肖的成员。

为了考验百鸟，凤凰把他们召集在一起，吩咐说："同胞们，而今有一个艰苦任务——司晨报晓，即在天亮前鸣唱，以唤醒万物众生，迎接白天到来，不知谁可以做到？"

鸟儿们叽叽喳喳地笑了，七嘴八舌地说："这么简单的事，一点也不艰苦，有谁做不到呢？"

起初几天，几乎百分之百的鸟儿做到了；一个月后，只有百分之九十的鸟儿能做到；半年后，剩下百分之二十的鸟儿尚能做到；几年后，能坚持的已寥寥无几；十年二十年后，只有雄鸡依然司晨报晓。

凤凰召见雄鸡，笑着祝贺道："难能可贵呵，你是如何获得成功的？"

雄鸡谦虚地回答说："我坚持了，所以就成功了——事情就这么简单。"

凤凰召开百鸟大会，隆重地向雄鸡颁发司晨报晓奖章，并授予鸡作为十二生肖代表的资格证书。天帝闻之大喜。

鸡给黄鼠狼拜年

黄鼠狼本是鸡的天敌，鸡想狠狠地教训一下他，但又听说黄鼠狼是灭鼠功臣，新年伊始，鸡备了厚礼，要前往致贺。接到贺柬，黄鼠狼乐不可支。不是说“黄鼠狼给鸡拜年，不安好心”吗？时代不同了，猎物送上门来，真是旷古奇闻！

黄鼠狼大开洞门，准备迎接贵客。他正美滋滋地想着这一顿丰盛的午餐，只见鸡大摇大摆地走来，正要迎接，不禁吓得魂飞魄散。天哪，鸡后那只龇牙咧嘴的猎狗警惕百倍，目露凶光。他战战兢兢地说：“鸡老爷，您……您想干什么？”

鸡第一次听到人家尊称自己为“老爷”，不觉扬眉吐气。他笑道：“这些年发了点财，请了个秘书。别害怕，他容貌虽丑，可挺温柔……”黄鼠狼跪在地上，诚惶诚恐：“鸡老爷，小的给您磕头，小的罪该万死！”每当“秘书”咆哮着要给点厉害让黄鼠狼尝尝时，都被鸡制止。他严肃地说：“过去，黄鼠狼虽干点偷偷摸摸的坏事，但毕竟功大于过。我既往不咎，今后如敢越轨，可得当心脑袋！”黄鼠狼感激涕零，说：“您大人有大量，小的决心将功补过！”鸡威风凛凛地教训了黄鼠狼一顿，带着秘书，扬长而去。

落后挨打，欲改变命运，就得强大起来。

每天勤勤恳恳报晓的雄鸡，满以为会坐上生肖第一二把交椅，可不知天帝哪根神经出了问题，竟把鸡排到生肖的第十位！

雄鸡们愤怒了。

“天底下功劳谁最大？是我们！”雄鸡们愤愤不平，“哼，如果不是我们报晓，太阳将不会醒来，天地将永远黑暗，世界将末日来临！”

雄鸡们举行集体大罢工，以抗议天帝不公。

十二生肖中，除老鼠喜欢黑暗外，其他动物都喜欢光明，因此雄鸡的举动受到普遍的反对。

然而雄鸡们一意孤行，连续七七四十九天不报晓，结果大失所望，太阳还是按时上班，天地并没有永远黑暗，昼夜还是有序地交替……

雄鸡们捞不到一点好处，反而招来无穷的嘲笑：白兔笑豁了嘴唇，猴子笑得在地上直打滚，连屁股也摔红了，野猪笑得掉了大牙……

雄鸡们自知失策，忙向天帝谢罪，并自觉地恢复了每天报晓的天职。

一天晚上，狐狸悄悄窜到村子里觅食。

一户人家养有一大群鸡鸭，鸡被锁在牢固的竹笼子里，鸭圈在地上放养。饥不择食的狐狸见鸡笼坚固难以下手，便叼起地上一只鸭子大嚼起来。小鸡们见状，正想大声叫喊让主人快来“捉贼”，黑母鸡急忙制止说“别管闲事”，狐狸放心了，又叼起一只鸭子畅通无阻地走了。

事后小鸡们问道：“妈妈，坏家伙作恶，我们为什么不管？”

黑母鸡“开导”说：“傻孩子，你们还小，不懂事。他捉的是鸭子，与我们无关；如果惹恼了恶人，当心报复呀。”

第二天晚上，狐狸又来了。鸡们以为他又来叼鸭子，便缄默不语不管“闲事”了。岂料狐狸已吃腻了鸭肉，对鸭子不屑一顾，还是觉得鸡肉味道鲜美，便肆无忌惮地弄烂笼子，打开笼门。死到临头的黑母鸡后悔莫及，哭着说：

“我不管‘闲事’，招来杀身之祸，这真是咎由自取呵！”

公鸡教练

鸭子获得游泳冠军，夺了金牌，公鸡很不服气。平常说“三鸟”，指的就是鸡鹅鸭，鸡是老大，鸭排第三，可见鸡的本领不比鸭子差。他说：“这小子有什么了不起？唉，世无英雄，竟让竖子成名！”

公鸡素有雄心壮志，决心在小鸡中培训一批游泳健将，争取在下次竞赛中名列前茅。

说干就干。公鸡亲自当游泳教练，买了一批有关游泳技术的书，要求队员们熟读背诵。他鼓励队员们说：“人类有句名言：有志者事竟成。只要我们树雄心立大志，就一定能创造奇迹，夺取冠军……”

公鸡讲得口沫横飞，在讲坛上传授蛙泳、仰泳、侧泳等各种游泳知识，队员们听得津津有味。

忽然一只顽皮的小公鸡叫道：“教练先生，请您先跳下水去做一个示范动作，让我们跟着学习好吗？”

教练愕然，辩解道：“人类有句名言，叫作君子动口不动手，你懂什么！”

“学生也听说人类有句名言，”小公鸡不服气地说，“叫作‘言教不如身教，身教胜于言教’。”

教练无言以对，只得狼狈地卷起教材，尴尬地走下讲坛。

家鸡的选择

一户农家用笼子养鸡。一天，不知是主人粗心大意还是故意考验，笼门大开。

家鸡们冲出笼子，回到山林里，受到山鸡们的热烈欢迎。他们久困牢笼，呼吸到野外的新鲜空气，欣赏到山清水秀的美丽景色，顿时心旷神怡，飘飘欲仙，情不自禁地赞叹道："自由多么宝贵呀，我们要一辈子拥抱大自然，永远享受这无拘无束的生活乐趣……"

可是过不了两天这些家鸡又要回到农家的笼子里过活，山鸡们劝阻道："你们好不容易才回到山林里，怎么说要走就走了？还是留下来吧！"

"山林怎比得上笼子？"家鸡们说，"在笼子里吃喝不愁，主人会定时送食品来，过得十分安逸舒适；既然这样，何必在野外劳碌奔波？"

山鸡挽留不住，苦笑道："奴才毕竟是奴才呵！"

野鸡的厄运

听说钦差大臣率领一批官员到民间巡视，家鸡惊慌失措，绝望地哀叹道："鸡的末日到了！"并委托燕子飞往山林，通知野鸡们马上转移，好保护鸡的种类不致被杀绝。

谁知野鸡不以为然，说："可怜的家鸡同胞呵，你们在劫难逃，人们饲养你们就是为大饱口福。至于我们，老天会保佑平安无事的！"

结果野鸡没有转移。

钦差大臣率领的队伍浩浩荡荡来了，地方官为了巴结奉承上司，组织狩猎队大肆捕杀野鸡——而对于家鸡，他们早吃腻了，竟一只也不要。

于是野鸡被捕杀一空。

野鸡们做梦也没有想到，这些锦衣玉食的达官贵人，就是冲着吃山珍海味而来的。

家鸡闻讯痛哭流涕，说："野鸡同胞没有忧患意识，这才是真正的在劫难逃！"

锦鸡称王

一场森林大火，把百兽之王老虎吓跑了，也烧坏了百鸟之王凤凰一身漂亮的羽毛。

猴子立即登基称王。

浓妆丽服的锦鸡，发现王座上端坐的是一个熏黑燎糊、蓬头猥琐的丑八怪，不禁大怒道："看你这副落魄倒霉样子，竟敢坐在王座上？还不快给我滚！俗话说'凤凰落羽不如鸡'，你既不如我，就得赶快让贤，让我当鸟王！"

凤凰万分无奈，含泪写了辞职书，交出王印，下野当了庶民。

掌握王印的锦鸡，威风凛凛地坐在鸟王的宝座上，任命喜鹊为宰相，座山雕为将军，发出各项命令和指示：

百鸟飞翔的高度不得超过鸟王，违者处死；

百鸟不得穿上艳丽的羽衣，凡其俊美超过鸟王的，一律处死；

鸟王的歌声超凡绝俗，无与伦比，百鸟应以鸟王为标准认真学习，不得自搞一套，违者处死……

锦鸡大王的政令一出，百鸟哗然。一只胆大的鹧鸪偶尔飞得比山鸡高一点，即被处死；一只孔雀偶一露面，即暴尸山野；一只黄莺刚开启歌喉，唱出悦耳歌声，也神秘失踪……

山林成为恐怖世界。忍无可忍的天鹅、雄鹰、鸿雁等远走高飞；继而杜鹃、八哥、百灵等脱离险境；最后，连喜鹊、座山雕也离开了他们的大王……

锦鸡成为光杆司令，山林成为荒凉世界。于是他引咎离职，欢迎凤凰回来当鸟王。这时凤凰已长出了新的羽毛，重新披上华贵的王服，她接过王印，又坐上了鸟王的宝座。

百鸟听到喜讯，从千里万里外纷纷飞了回来。不久，虎王回来了，猴子立即让贤。一度荒凉的山林又恢复了万紫千红百鸟和鸣的景象。

锦鸡问凤凰："为什么您当鸟王，一呼百应，众皆心悦诚服，而我当则怨声载道、众叛亲离呢？"

凤凰笑着答道："这要问你自己了。"

锦鸡顿时羞得无地自容。

一只小公鸡，见了一条蜈蚣便退避三舍，同伴们哄然大笑，骂他是“懦夫”“窝囊废”，“简直是丢尽了公鸡的脸”……

过了一会，又听说小公鸡把眼镜蛇和蜈蚣一举杀死，于是肃然起敬，赞扬他是“英雄”“豪杰”，是“智勇双全的壮士”……

这是怎么一回事呢?

原来小公鸡碰到蜈蚣，正想啄食，突然又遇见眼镜蛇，他便暂时放过蜈蚣，因为他知道自己不是蛇的对手，而蜈蚣恰是蛇的克星。待蜈蚣杀死眼镜蛇之后，他才回过头来收拾蜈蚣。

同伙们惊叹之余，不禁问道：“你怎么会想到如此巧妙的方法战胜强敌？”

“我不算英雄，也不是懦夫，”小公鸡笑着说，“但我晓得一物克一物的道理。如果我贸然杀了蜈蚣，这正中了蛇的圈套，自己也不免受到毒蛇的伤害。我是掌握主动，利用矛盾，以毒攻毒，从而克敌制胜。”

好心的花母鸡

花母鸡好心，这是出了名的。

母鸭生了好些蛋，交给花母鸡："花母鸡大婶，我不会孵蛋，请您帮帮忙吧。""行。"花母鸡向来助人为乐，接过鸭蛋便孵起来。

一个月后鸭子出壳了，活蹦乱跳的，母鸭很高兴，便下池塘捞些鱼虾酬谢花母鸡。

黑母鸡生了十几只蛋，不幸患了病，这些蛋也由花母鸡代孵。三个星期后小鸡出壳，黑母鸡的病也痊愈了，她很感激，为酬谢花母鸡特地捕捉些蚯蚓、蜈蚣送给花母鸡补身体。

年终评选先进时，花母鸡被评为模范。

一条雌蛇生了几个蛋，她对花母鸡说："我有冬眠的习惯，请您代我孵蛋好吗？"花母鸡笑着答应了……

不久，小蛇破壳爬出来了，花母鸡高兴地叼了一条蚯蚓喂养它，不料被这小家伙狠狠地咬了一口，毒液遍布全身，原来这是一条剧毒的五步蛇！花母鸡临死前哭着说："为什么我一片好心，却遭到这飞来横祸？"

燕子见状，唏嘘叹息，痛心地说："你对好人好心，必得好报；对坏人好心，必定遭殃！"

天上，雄鹰带着小鹰穿云破雾，翱翔万里。他一眼瞥见地上母鸡带着小鸡，不禁叹道：

“你看，鸡的一生多么可怜！整天蜗居在低檐下，只晓得吃和喝，一辈子未出过远门，不知道天地如此广阔，不晓得搏击风云的乐趣。这样无聊，即使活上一千年，也等于白活，毫无意义！”

地上，母鸡带着小鸡在土里刨虫觅食，忽然啄住一条蚯蚓，呼叫小鸡吃了，踌躇满志，自得其乐。她一侧身看见雄鹰父子的身影，不觉悲从中来，潸然泪下：

“瞧吧，鹰的生活真可怜啊！他们终日风里来，雨里去，劳碌奔波，不知疲倦。真不可思议，蓝天有什么好玩的？对比之下，我们鸡可太幸福了。如果让我过这样的日子，老实说，一天也难以忍受！”

小雁听了，不解地问他妈妈：“鹰说鸡可怜，鸡也说鹰可怜，究竟谁可怜？”

“孩子，人各有志。由于各人对幸福的看法不同，”大雁回答说，“所以往往会得出截然相反的结论啊。”

狐狸窜到鸡舍，见鸡在牢固的笼子里生活，无法进到里面，便悲天悯人地说：“可怜的鸡呵，你可知道这世界什么东西最珍贵吗？”

“不知道。”鸡回答说。

“我念一首大诗人写的诗给你听听吧：‘生命诚可贵，爱情价更高。若为自由故，二者皆可抛。’明白了吧？”

“哦，我明白了，自由最珍贵，对不对？”

“对极了。但要获得自由，必须冲破牢笼，才能呼吸到自由的空气。”

“这该死的铁笼子很坚固，我必须跟主人商量，让我拿到钥匙，放我出去——你明天再来吧。”

狐狸满心欢喜，自以为阴谋得逞。第二天依约而来，鸡把钥匙抛到外面，说自己力气小，希望狐狸帮其开门。狐狸把钥匙对准锁眼，“咔嚓”一声，自己反被铁夹子牢牢夹住，动弹不得——原来主人将计就计，暗设机关，诱使狐狸上当。狐狸大骂鸡和他的主人共同设计陷害自己，鸡却大笑道：

“没有狐狸，鸡就自由了！”

戌·狗

勇敢尽职，有人赞你一片忠心，
摇尾乞怜，有人骂你十足奴才。
千秋功过让人们去评说吧，
你却走自己的路，见怪不怪。

狗报平安日，人歌幸福年。

好不容易才盼到了狗年。大年初一，狗们扬眉吐气，纷纷集会庆祝，认为当务之急是重新编写一部新辞典，推翻一切对狗的不利之词。

黑狗愤愤不平地说："首先应该把'狗仗人势'改为'人仗狗势'。干吗狗要仗人势？"

"哼，说什么狗嘴吐不出象牙，难道人嘴真能吐出象牙？"花狗委屈得哭了起来，"更恶毒的，还骂我们，狗改不了吃屎，如果都有肉吃，谁还会吃屎呵！"

"还有，人们竟把一切过错都往我们身上推。"白狗气咻咻地说，"明明是他们不行，偏说是'狗屁不通''狗头军师''狗尾续貂'；明明是他们干坏事，偏说是'鸡鸣狗盗''狐群狗党''狼心狗肺'；明明是他们骂人很凶，行为不端，偏说是'狗血喷头''行同狗彘''蝇营狗苟'……这实在荒唐！"

"我还建议，"黄狗严正地说，"什么'走狗''狗腿子'之类的对狗诬蔑的词，一定要在辞典上消灭！"

正当狗们讨论得非常激烈的时候，主人突然出现了。他抛下了几根肉骨头。于是，狗们立即投入了你争我夺的战斗……

狗们吃饱了。主人笑道："狗本来是人类的老朋友。可是，有的人对这老朋友也太不客气了，甚至口出粗言，极尽污辱谩骂之能事，对此，我也深感不妥。刚才听说你们都要求更改辞典，编本新辞典是吗？”

“我……我觉得没这个必要。”黑狗摇尾乞怜，亲热地对主人说。

“对。现在的辞典很好嘛，何必更改？”白狗、花狗和黄狗异口同声地说。

主人微笑着说：“狗毕竟是狗……”

狗和猫都是人的老朋友，但为什么人对猫宠爱有加，对狗却如此不客气？唉，说来话长……

很久以前，狗和猫给主人打工。主人说："你们给我种地，干得好的吃干饭，干不好的吃稀粥，不干活的饿肚子！"狗和猫诺诺而去。

到了地上，狗和猫的表现截然不同。狗勤劳诚实，干活卖命，无论锄地、松土、除草、播种、浇水和施肥，样样在行。猫懒惰奸诈，什么也不干，爬到树上乘凉睡大觉。尽管狗多次批评猫，猫还是无动于衷，我行我素。

干完活儿，狗叫猫一起回家；猫眯缝着眼睛，假装酣然入梦。狗只得先回家去。

主人见狗先回来，便问活儿干得怎么样。狗如实地做了汇报。过了好一会，猫也回到了家，劈头第一句就向主人告状，说："狗怕苦怕累，什么活也不干就跑回家，地里所有工作都是我自己干的！"

"你撒谎，你造谣！"狗气愤极了，说，"猫整天爬到树上睡大觉，我多次批评也不接受。"

"别争了，到地里看看就清楚了。"主人叫狗和猫到地里察看现场。到了地里，只见松土里印满猫的足迹，却寻找不到狗的脚印……

主人勃然大怒，猫得意洋洋，狗大惊失色。

"狗东西！"主人破口大骂，"你说你勤恳干活，怎么找不到你的脚印？如果不是猫耕田种地，我们都喝西北风了！”

狗据理争辩，主人根本不听。

从此，主人奖励猫吃干饭，吃肉，吃鱼，惩罚狗吃屎，吃骨头。

实诚的狗哪里知道：当他一离开地里，猫立即从树上跳下来，把所有狗脚印都从地上抹去，又全部踏上自己的足迹。假象造得天衣无缝，主人被猫骗了。

于是，狗和猫结下了深仇大恨。

军犬和猎犬

军犬屡立战功，常获大奖，过着优裕的生活。一只猎犬看见了，又妒又羡，很不服气，说道："哼，这有什么了不起？我也有强健的体魄和灵敏的嗅觉，我并不比他差！"

恰巧，要追捕一伙逃敌，军犬热情地邀请猎犬并肩战斗，希望共同立功受奖。猎犬觉得机会难得，欣然答应。

在追击逃敌时，猎犬表现得异常勇猛，军犬十分高兴。

突然，诡计多端的逃敌抛下一串串香肠，猎犬见了，垂涎欲滴，顿时忘乎所以，风卷残云似的大嚼起来，并邀请军犬留步同享这美味佳肴。军犬嗤之以鼻，不屑一顾，勇往直前，狠狠地跟阴险凶恶的顽敌进行殊死的搏斗——待猎犬吞下香肠再赶上前时，军犬已把负隅顽抗的逃敌逮住了。

军犬又获得一枚金光闪闪的奖章，而猎犬却羞愧地偷偷溜走了。

立身处世，必须摒弃贪欲。祛除贪欲要做到无所奢求，越是无所奢求得到的反而越多。

狮子狗求官

出身高贵，长相漂亮的狮子狗，满认为凭着自己善吹会拍的看家本领，可以求个一官半职，到头来却碰了一鼻子灰。

听说虎王招贤若渴，重用天下英才，狮子狗坐不住了。他想，狐狸有啥了不起，不就是鬼点子多了点吗，居然当了宰相；大笨蛋狗熊凭着一股蛮劲，也当了治安队长；就连在赛跑中败北的红眼睛兔子，也当了交通队长。我狮子狗啥也不比他们差！

狮子狗终于拜见了虎王。

“说吧，你有什么本领？”虎王态度和蔼。

“我出身高贵，”狮子狗傲慢地说，“狮王是我的外公，我身上有狮王的血统……”

“你究竟有啥才能？”虎王不耐烦了。

“我长相漂亮，”狮子狗得意地说，“你看我浑身雪白滚圆，头顶扎一根小红辫，人见人爱……”

“你到底可以干什么？”虎王有点火了。

“我最能讨大王的喜欢，”狮子狗媚态十足地说，“吹吹拍拍是我的拿手好戏，大王就是踹我两脚，我打一个滚儿，爬起来还会赔个笑脸……”

“滚开！”虎王怒不可遏，“我要的是有真实本领的干才，不要你这百无一用的奴才！”

黑狗的药方

黑狗近年来失宠了，他非常伤心，主人老说他又懒又馋。而每逢看到黄狗得到主人的宠爱时，他心里就愤愤不平，又妒又恨。

黑狗决心改变自己的命运，机会终于来了。

原来主人得了一种病，医生给他开的独味单方是龙涎香。医生介绍说，龙涎香是一种十分名贵的药物和香料，与麝香、灵猫香、海狸香齐名。但龙涎香并非取自龙涎，而是抹香鲸吞食墨鱼（乌贼）后，刺激肠道而分泌出来的灰黑色的、蜡状的排泄物。

“哦，原来如此。”黑狗偷听了医生跟主人的谈话后，思忖道，“鲸鱼吃了墨鱼能排出龙涎香，我黑狗为啥不能够？”

说干就干。好在主人的厨房里有现成的干墨鱼，黑狗毫不迟疑地吞吃了好几条，觉得味道好极了。他暗自高兴，美美地睡了一觉。

第二天，当主人又要托人去买龙涎香时，黑狗眯缝着眼得意地迎了上去，摇着尾巴，轻轻地咬着主人的裤腿，笑着说：“不用花钱，我已经给您把龙涎香送来了！”

主人正觉得诧异，接着黑狗拉出了一堆奇臭不堪的狗屎……

主人大怒，把黑狗打了个半死。

黄狗见状，叹口气说：“唉，不顾自身条件而盲目模仿，这真令人啼笑皆非呵！”

不认识自己的花狗

先哲说，“知人者智，自知者明”。但是能认识、了解自己就不那么容易了。

花狗的记性真好，镇上一千多男女老少，他都认识，见了谁都摇摇尾巴，表示亲昵。他的识别力很强，盗贼小偷休想从他眼皮底下脱身。

一天，花狗外出，经过一条河时，看见一个小孩失足落水。这孩子不会游泳，花狗勇敢地纵身跳下河，救起了溺水孩子。于是，他成了英雄，报纸电视都传播他的事迹。

又一天，花狗过河时，朝桥下一看，分明有一条狗落在水里。不容多想，“扑通”一声便跳下水去。在水中打捞了好一会，始终不见狗的踪影，无奈地爬上岸。在岸上又见水中有一条狗，又跳下打捞，仍不见踪迹。如此三番五次，毫无结果……

恰巧一头牛路过。牛见状，大笑道：“当年猴子水中捞月，闹了大笑话，你又重蹈猴子的覆辙——水中的狗就是你自己呀！”

花狗恍然大悟，感慨地说：“对于熟人、陌生人，我一看就能认识；对于小偷、盗贼，我一眼就能识破。怎么认识自己倒这么难呢？”

黄狗的官司

黄狗抓到一个入屋窃贼，受到主人嘉奖。主人外出后，他又捉到一只老鼠。老鼠有恃无恐，要挟道："你这是侵犯鼠权，我要告你！"黄狗冷笑道："你向谁告我？"老鼠说："猫！"

黄狗想，猫是老鼠的克星，这个官司输不了。不料猫法官说："狗捉老鼠——多管闲事！这是越权行为，处以罚款一百元动物币。"

黄狗不服，上诉到动物王国中级法院。蛇法官说："捉老鼠是蛇的专利。黄狗侵犯蛇的权益，处以罚款二百元动物币。"

黄狗再上诉到高级法院。猫头鹰法官睁一只眼闭一只眼说："捉老鼠是猫头鹰的职能。黄狗不务正业，惹是生非，处以罚款三百元动物币。"

黄狗颓丧极了，恰巧主人归来，黄狗便向主人哭诉。主人笑道："你把两条腿的贼和四条腿的贼都抓住了，功劳不小呵！"

"为什么我的官司总以失败而告终呢？"黄狗不明白地问道。

"因为猫、蛇、猫头鹰这三个法官，认为你侵犯了他们的利益，"主人解释说，"这叫作'欲加之罪，何患无辞'。"

黄狗恍然大悟。

小狗有一条蓬松的尾巴，美丽极了。他把尾巴翘成一个圆圈，走起路来一抖一抖的，格外引人注目。于是引来一帮看热闹的。

公鸡阴阳怪气：“看哪，小狗把尾巴翘到天上去了！”

黑猫白了一眼：“哼，狂妄自大，目中无人！”

白兔啐了一口：“臭美，老子天下第一！”

小狗又羞又气，便把尾巴挂下来。

公鸡说：“哟，小狗学狼吓唬我们！”

黑猫说：“对，狼的尾巴就是挂在屁股后的。”

白兔说：“不然，就是条疯狗，让他咬一口就糟了！”

小狗感到不是滋味，只得把尾巴伸得平直。

公鸡说：“怪模怪样，滑稽可笑。”

黑猫说：“标新立异，自鸣得意。”

白兔说：“要不，又搞什么新花招，哗众取宠。”

小狗气得哭了，干脆把尾巴割掉。

公鸡冷笑道：“小狗想变人了。”

黑猫嘲讽道：“狗嘴真能吐出象牙？”

白兔奚落道：“穿上龙袍也变不了皇太子！”

小狗哭笑不得，就请教山羊公公应该怎么办，山羊说：“嘴巴长在人家身上，好说歹说是人家的自由，你何必拿别人的错误惩罚自己呢？”

从此，小狗明白了一个真理：走自己的路，让别人说去！

看家狗和他的主人

从前，有一只看家狗名叫乐乐。他可漂亮了。

乐乐的主人原来是个富翁，朋友很多。主人三日一小宴、五日一大宴款待亲友，非常慷慨。后来，富翁破产了，昔日那些“莫逆之交”，纷纷离他而去，有的甚至落井下石，反目成仇；跟他山盟海誓的爱妻也跟他离了婚……

“乐乐，你离开我吧。”主人伤心地说，“我已穷得一无所有。你去寻找富有的新主人，免得跟我一起受苦。”

“不，我决不会离开你。”乐乐坚定地说，“俗话说得好，‘女不嫌母丑，狗不嫌家贫’，生活再苦，我也永远跟着你。”

于是，乐乐每天跟着主人行乞街头。在主人贫病交加时，乐乐也会寻找食品喂养主人。主人心灵为之震撼，噙着热泪说：

“唉，世态炎凉，人心叵测，只有乐乐才是患难之交，才谈得上是真正的友谊。”

烈火识真金，患难见交情，自古如此，于今为烈。

斑鬣狗的笑声

笑是友好的表示，可是，有一种笑，人见人怕，鬼见鬼愁……

除了人，斑鬣狗是唯一会笑的动物。他生长在非洲的荒原上，夜间出来游荡捕杀小动物，并常发出一种可怕而又古怪的笑声。这笑声是一种由凄厉的吼声和“喀喀”“咯咯”的叫声混杂在一起的声音，可以传得很远很远。由于他会笑，所以又叫作笑鬣狗。

为此，斑鬣狗非常得意，他满以为自己的笑声会迎来许多朋友。可是相反，斑马、羚羊、兔子等许多动物，一听到斑鬣狗的笑声就吓得远走高飞，谁也不愿意跟他在一起，他只得孤零零地到处游荡。

斑鬣狗很伤心，他问鸟儿：“人和我同样会笑，为什么人们的笑广受欢迎，而我的笑却使人害怕呢？”

“人的笑和你的笑有本质的不同，”鸟儿答道，“人的笑出自善良的愿望，而你的笑是恶魔的表白，暗藏杀机呵。”

老话说，“笑里藏刀”，不可不防。

上过天的狗

大器不可小用，小士不可大任。一只上过天的狗，自以为是天才了，可是却得不到任用，为什么？

一只狗有幸被科学家选中，随宇航员乘坐宇宙飞船巡游太空，探索宇宙奥秘。

狗得意极了，回到地上拜见虎王，说他上过月宫，会见过嫦娥吴刚，飞渡银河，看望过牛郎织女，因此兽国宰相一职，非他莫属。

虎王高兴地说："这是兽国的骄傲，可喜可贺。写篇施政论文给我看看吧，说说你修身、齐家、治国、平天下的观点，让我量才录用。"

狗摇摇头，说自己不会写文章。

恰巧接到情报：狼、豹、熊联合进攻兽国，已兵临城下，情况危急……

虎王对狗说："这是你施展才干的好机会，你且带兵把敌人打败吧。"

狗大惊失色，吓得浑身发抖。

虎王只得亲自出征，敌人闻风丧胆，落荒而逃。虎王得胜回朝，对狗说：

"你文不能兴邦，武不能治国；你上过天，只能说明你机遇特别好，并不说明你特别有本事。既然如此，叫我如何任用你呢？"

主人病后虚弱。猎狗好不容易捕获了一只穿山甲，叼回家为主人滋补身体。他满以来可邀功领赏，谁知招来一顿斥责。

“把这穿山甲放归山林。”主人命令说，“下不为例，今后如果再偷猎国家保护动物，严惩不贷。”

“以前不是奖励狩猎吗？”猎狗不服。

“彼一时此一时也。为了保护野生动物，国家立法禁猎。”主人解释说，“古时候武松打虎是为民除害，立了大功；今天谁再打虎则是犯法行为，国法不容！时至今日，猎狗非改行不可了。”

“那我们不是失业了吗？”

“不会，狗是人类的好助手，猎狗的工作多得很：在边防线上，能帮助追捕罪犯；在公安战线，能协助破案；在地质战线，能勘探矿藏；在海关，能检查邮件；在战场，能当救护员；在舞台，能当演员；此外，还可以到北极拉雪橇，上飞船探索宇宙的奥秘……”

猎狗看到自己用武之地如此广阔，不禁开心地笑了。

亥·猪

猪杂食，吃得香，营养均衡是良方！
猪能睡，心态好，治疗失眠是法宝。
猪乐观，放得下，天塌下来也不怕！

猪为六畜首，梅占百花魁。

农人养有一头家猪，他智商奇高，能识文断字，通晓古今。一日，他托八哥捎信给住在深山的远亲野猪，请野猪抽空来探望他。

野猪来到猪舍，见到家猪，大吃一惊，问道："老弟，你为啥长得如此肥胖？"

家猪忙请野猪品尝美食，说："老哥，你羡慕我的生活吧？你留下来跟我一起住，我想主人一定会欢迎的！"

"不，我一点不羡慕你。"野猪说，"我倒是为你担心——你长得越肥胖，你的死期就越近了！"

"为什么？"家猪惊出一身冷汗。

"主人养猪的目的，就是杀猪吃肉。"野猪说。

"我何尝不想减肥？"家猪叹了口气，"但我是苦无良策呵。"

"跟我走吧，到深山老林里过活，"野猪说，"我保证你不出一个月，就能成功减肥！"

野猪帮家猪咬断木栅栏，趁无人注意，胜利出逃。家猪走出猪舍，顿觉海阔天高，心情舒畅。一路上花花草草，一切都感到新鲜有趣。

走了一段路，家猪气喘吁吁。野猪说："你往日贪吃嗜睡，啥也不干，锻炼一下就好了。"

走到深山，家猪累得不想动，浑身骨头像散了架似的。野猪说："不要紧，休息一会就好了。多活动一下筋骨，肌肉就会强健发达。”

口渴了，野猪请家猪喝山泉水，说：“这是减肥佳品，富含矿物质，纯净无污染。”但家猪喝了，觉得毫无味道，比在家时喝的差得多了。

肚子饿了，野猪请家猪一起觅食，说：“这漫山遍野，到处是山果、草根、虫蚁，这些山珍野味，既鲜甜可口，又减肥健美。”但家猪尝了一口，味如嚼蜡，难以下咽，与在家吃的不可同日而语。只因太饿，不得不凑合着填饱肚子。

野猪想带领家猪到处奔跑，说：“爬山越岭，攀崖走谷，既可以减肥强体，又可以观赏风景，锻炼胆识，何乐而不为？应列为每日必修课。”但家猪常累得不想动，勉强走走，也是累得上气不接下气。

这样过了几天，家猪对野猪说：“老哥，承蒙您的厚爱，但我还是回老家过活好。”

“为什么？”野猪大感意外，“眼看你的体重已减下去，初见成效了。”

“如此的生活我实在忍受不了，”家猪斩钉截铁，“我宁愿死也比这样好！”

野猪见挽留不住，只得护送家猪回去，他深感惋惜地说：“唉，贪图舒适安逸，往往会走向毁灭！”

黑猪自称是天蓬元帅猪八戒第三十六代嫡孙，血统高贵，智慧非凡。虎王任命他为“森林总督”。

黑猪一上台，就力排众议，发号施令：

“绵羊，你最听话，我派你当警察，维护森林治安。

“山猫，你最喜欢吃鱼，我派你到江海里捉鱼捕虾。

“千里马，你跑得最快，我派你去耕田种地，生产粮食。

“乌龟，你在龟兔赛跑中荣获金牌，我派你当邮差，通风报信。

“驴子，你嗓门最大，声音洪亮，我派你到合唱队，发挥专长。”

只见绵羊、山猫等众纷纷要求调换工作，他们说：“不行，不行，我们干不了！”

“不行就学嘛，”黑猪生气地说，“我是森林总督，谁不执行命令，严惩不贷！”

大伙忍气吞声，只得俯首听令。

结果，绵羊警察一上岗，就被歹徒大灰狼咬死；山猫不习水性，在捕捉鱼虾时掉下海里淹死；千里马不会耕田，致使庄稼颗粒无收；乌龟送信老是迟到，招来无数辱骂；驴子的歌声难听死了，听众大喝倒彩，掩耳离场。

森林王国乌烟瘴气，乱七八糟。大家怨声载

道，要把黑猪总督轰下台。

虎王震怒了，责问黑猪："你这个总督是怎么当的？"

黑猪只得引咎辞职，进行反思。

爱美之心，人皆有之。动物也不例外。大灰狼抓住豪猪这心理，诱骗其上当，真是煞费苦心。

百兽比美大赛降下帷幕，豪猪小姐名落孙山。她伤心极了。大灰狼先生无限惋惜地说："豪猪小姐，你本来美若天仙。说实话，论容貌，你无比俊俏；论身段，你十分苗条。百兽中的美女谁能比得上你？但很可惜……"

"可惜什么？"豪猪小姐问道。

"可惜你穿的是一件极其丑陋的外衣！"大灰狼先生说，"把这外衣脱掉吧。你满身尖刺，真是人见人怕，鬼见鬼愁，谁敢亲近你？"

"怎样才能脱掉这件丑陋的外衣？"

"首先得把身上的豪刺一根根拔掉，半点不留。对这拔刺手术我有丰富的经验，而且可以免费服务。"

"拔刺不疼吗？"

"当然不疼，还相当舒服。我给你打点麻醉药，你闭上眼睛，舒舒服服进入梦乡，然后一觉醒来……"

"我一觉醒来，就已进入天国，是吗？"

"是。不，不是。"大灰狼先生说漏了嘴，"你一觉醒来，就会发现自己变成一个倾国倾城的绝色美人儿了。"

豪猪小姐听了，哈哈大笑起来。

"尊敬的大灰狼先生，多谢费心了。"豪猪小姐正色道，“在百兽中我所以有立足之地，全凭这件你认为丑陋的外衣；一旦脱掉了，恐怕早成为狼虎的美味佳肴了。”

大灰狼自知阴谋被识破，灰溜溜地走了。

猪蠢吗？警猪缉毒，连警犬、警鼠都自愧不如，这缘由，你未必知道。

国家警察局物色了几头野猪当“警探”。警犬和警鼠听了，哄然大笑。

警鼠说：“警犬呵，你的嗅觉十分灵敏，只要罪犯在作案现场留下一点点人类无法察觉的气味，你们都能立即辨别出来，追踪蛛丝马迹，引导警察捉住罪犯。而猪是个蠢笨贪吃的家伙，他当警探不是笑话吗？”

警犬说：“警鼠身体小行动迅速。你们被派到海关时，能用灵敏的嗅觉来检查旅客携带的行李中是否偷藏有违禁的毒品，因而工作成绩也十分出色。而猪体格粗壮，他当警探确实荒唐！”

主人听了，并不说什么，而是带领警犬、警鼠和警猪去执行侦查任务。到了现场，当警犬和警鼠紧张地开展工作时，只见警猪已摇头摆尾喷起响鼻，用蹄子不停地刨地，于是警察顺藤摸瓜，立即将贩毒分子抓获。

警犬和警鼠暗暗称奇。主人说：“看到了吧？野猪的嗅觉比警犬和警鼠更胜一筹。经过训练的警猪对毒品的气味尤为敏感，哪怕是极为微量的毒迹，都会被他发现。”

由于警猪有这样特殊的本领，破了许多大案要案，警犬和警鼠心悦诚服，甘拜下风。

在猪的大家族中，确有一些四肢发达、头脑简单的蠢货，这头贪图享受的公猪，连生命都贴上了，你说冤不冤?

有一头公猪，力大无比。一天，十多只豺狗围着他，只见他吐着白沫，左冲右突，时而发出“嗒嗒”的响声，吓得豺狗不敢近身。

“有种的就过来，”公猪咆哮着，冷笑道，“来一个，死一个；来两个，死一双！”

僵持了好一会，有一只豺狗献媚地说：“猪大哥，千万别误会。其实我是出色的按摩师，可以免费为您服务。”

“这样还差不多。”公猪的话音刚落，那只豺狗已爬到石壁上，轻轻地滑到公猪的背上，用前爪替野猪挠痒痒。公猪最喜欢为他挠痒痒了。刚开始，他还有点警惕性，抖动着身子，想把豺狗摔下去，但一会儿感到非常舒服，开始享受起来。就在他飘飘然时，豺狗突然跃到他头上，朝他眼里撒了一泡尿。公猪眼睛看不见东西，一群豺狗乘机猛扑上去，咬断公猪的喉管，开肠破肚，大嚼起来，豺狗们笑道：

“蠢猪，这世界可没有免费的午餐，懂吗？”

野猪与家猪

野猪与家猪，价值观不同，它们有共同的语言吗？

一头瘦骨嶙峋的野猪，路过一户人家的猪圈前，看到一头胖得像大象的家猪，说道："亲家，你的生活好富足啊。"

"嗯，每日三顿吃饱喝足，馋死你！"家猪说，"我们是世上最幸福的了！"

"何以见得？"野猪问。

"这不是明摆着的吗，"家猪自豪地说，"这里有充足的食物、足够的睡眠，有免费医疗，却没有任何工作压力。这里无忧无虑，安逸舒适，神仙世界也不过如此。"

"但是缺乏一种东西——自由。"野猪说。

"自由几钱一斤？"家猪说，"你在荒山老林里生活是够自由的了，但失去了温暖逸乐的生活，面对危机四伏的世界，东躲西藏，颠沛流离，食物朝不保夕，何苦啊——在我们这里安家落户吧，别回去了！"

"与其失去自由而享受舒适生活，"野猪冷笑说，"倒不如面对磨难而选择自由。"

野猪说了声"拜拜"，头也不回地走了。

人说猪蠢，猪说人比猪更蠢，他说的似乎不无根据……

一只又蠢又懒的猪，不知怎么的，突然心血来潮，决心做一个大学问家。他听说过，当学问家是需要智慧的。于是他去寻找智慧。

路上，他碰到一个智慧老人，就请问老人怎样才能获得智慧。

“这，并不难。”老人回答说，“只要你每天都坚持饮几口智慧海洋的水，就可以获得智慧了。”

“噢，原来如此简单！”猪又去寻找智慧海洋。

途中，他看见一个小女孩正在专心地读书，就问她智慧海洋在哪里。

“呶，往这边走！”小女孩指向一家图书馆，“那里就是取之不尽、用之不竭的智慧的海洋。”

猪走近一看，冷笑道：“呸！什么智慧海洋？分明是密密麻麻的一本本书！”他越想越好笑，“人呵，大家都说你们聪明，其实比猪类还愚蠢！这枯燥无味的东西怎能下咽呢？倒不如啃啃草头树根还有点味道了。”

猪又回到他的草窝睡大觉去了。

蠢猪斗敌

大森林里有一头蠢野猪，据说是傻得无药医了：每回狩猎或干什么时，都是冲在前头，可分猎物时，却要最差的一份；平日你打他一拳，他不还手，你骂他一句，他笑脸相迎。消息传到黑熊耳里，大笑道："这回猪肉吃定了！"

可当黑熊看到肥头大耳、膘肥体健的野猪时，却不敢轻举妄动，于是天天练武，从早到晚在石头上磨牙。野猪虽蠢，也知道黑熊的恶毒用心，便天天到泥潭里打滚，再上岸让太阳光晒干，让身上结一层厚厚的泥巴，就像穿了一身铁甲。

一段时间之后，黑熊认为自己凭武力足可战胜野猪时，就运足全身的气力，朝野猪猛扑过去，两只前爪猛力捏住野猪的脖颈下面，可爪甲里都塞满泥巴；黑熊不死心，又抡起巴掌，朝野猪的腹部打去，结果爪甲里还是塞满了泥巴，却没有伤着野猪一根毫毛。黑熊气疯了，第三次猛冲过去，张大嘴巴死劲咬住野猪的脖根，两只前爪又朝野猪的胸脯剜去，没想到嘴里也塞满了泥巴。野猪看到黑熊精疲力尽，才开始反攻。他慢慢地退了几步，转过身来，朝着黑熊冲了过去，瞄准黑熊肚子下方，用嘴巴只一拱，一对獠牙就把黑熊的肚子来了个大开膛，黑熊倒地而亡。

"野猪为大森林除了一霸！"百兽欢欣鼓舞，奔走相告，就像庆祝盛大节日。当《森林快报》狐狸记者采访野猪，问他何以战胜强敌时，他却回答不出来。狐狸说："你知己知彼，以逸待劳，因而克敌制胜，何蠢之有？"

肥猪的幽默

从前，有个农夫饲养有猪、牛、羊、马、鸡、狗，可谓六畜兴旺。

一天，家里来了客人。热情的农夫想以丰盛的饭菜款待。但禽畜成群，不知宰谁好。他一眼看到身旁的狗，就首先征询狗的意见。

狗开口说道："狗看家，贡献大，要宰就宰大黑马。"

马听了，忙说："马拉车，四方游，要宰就宰老黄牛。"

牛听了，忙说："牛耕田，五谷香，要宰就宰大肥羊。"

羊听了，忙说："羊拔毛，织毛衣，要宰就宰大公鸡。"

鸡听了，忙说："鸡报晓，展宏图，要宰就宰大肥猪。"

猪听了，坦然说："鬼叫我，脑子笨，活该挨宰吃一顿。"

鸡、狗等七嘴八舌地说："就宰他，就宰这毫无本事的大肥猪，他自己也认了！"

猪又说："大肥猪，肉好香，吃得多来损健康！"

农夫为之一怔。猪接着说："血脂高，多食素，延年益寿春常驻！"

客人听了，忙对主人说："我血脂很高，血压、血糖也高，我看宰猪的事就免了吧！"

农夫于是决定以素待客。猪来了精神，自我推销说：‘咱老猪，优点多，拜我为师又如何？”

牛、马等纷纷说：“这蠢货不自量力，也不撒泡尿照照自己，倒学人家毛遂自荐了。”

猪不管大家怎样看，继续说：“猪杂食，吃得香，营养均衡是良方！”

羊、鸡等骂道：“蠢材，这也算是优点吗？乱弹琴！”

猪依然说：“猪能睡，心态好，治疗失眠是法宝。”

马唾骂道：“我站着也能睡，都不会在众人面前晒自己！”但客人和农夫听了，倒觉得在理，因为他们正患失眠症哩。

猪仍喋喋不休：“猪乐观，放得下，天塌下来也不怕！”

狗、牛等说：“这大傻瓜越说越离谱，我看他的脑袋一定进了水！”

猪最后说：“谁似我，大肥猪，终生难得是糊涂！”

农夫和客人呵呵大笑，因为他们正以郑板桥的名言“难得糊涂”自况呢。

于是，农夫叫六畜选出一个首领，牛、马、羊、狗和鸡见猪傻得可爱，就一致推选猪。

从此，猪成为“六畜之首”。猪听了，忙说：“猪为首，本不配，鬼叫我长个傻脑袋！”

老猪把自己的肉体奉献给了人类。造物主对他说："你可以再投胎，不但可以做十二生肖中的任何一种动物，今年是猪年，你还可以做人。"

"OK！"老猪不知何时学到一句洋文，"那就让我做一次人吧。不过请勿改变我懒漫的生活习惯，过去我成天吃了睡、睡醒了再吃，这已经积习难返了。"

造物主满足了老猪的要求，让他投胎到一户富裕人家。从此他成为大富翁家的阔少爷。

少爷过着衣来伸手、饭来张口的生活，跟做猪时毫无二致。他觉得日子过得舒心快乐。

谁知一场大地震，他的亲人皆在地震中丧生。接着一场火灾，他的家产也在大火中化为乌有。少爷大难不死，虽捡回一条命，又不愿意劳动，最终沦为乞丐。他这乞丐可特别，从来不上门乞讨，而要求人家把食物主动送到他面前。不少好心人或出于人道主义，或动了恻隐之心，居然亲自把面包、干饭、饮料送到他面前供他享用。

日子久了，人们干脆把大米、面粉、肉菜、干柴和用水等送给他，吩咐说："你只要亲自动动手煲煮，就能够填饱肚皮了。"

这阔少爷竟懒得自己动手，结果活活饿死了。

造物主见状，嗟叹之余，问道："说吧，你究竟想投胎做什么？"

"千万别让我做人，就让我世世代代做猪

吧！”

“你做十二生肖其他动物也可以，为什么偏偏要做猪？”

“试想想吧，鼠形象猥琐，而且要偷才得食，我才不干；牛要耕田，马要拉车，狗要看门，鸡要报晓，太辛苦，我不想做；做龙做虎，虽有虚名，但风险太大，也太操劳，我不愿做；兔、蛇、猴，都要自己寻找食物，傻瓜才想做；做羊，也有天敌恶狼，活着提心吊胆，我更害怕做。对比之下，唯有做猪最安逸、最清闲、最快活！”

“你难道不怕被屠夫捅一刀吗？”

“清闲一辈子，苦痛一下子，值！”

于是，造物主遂了他的心愿，让他世世代代都投胎做猪。

猪八戒本是天蓬元帅，因犯了天条被贬黜凡间。他随唐僧去西天取经归来，玉帝认为功大于过，于是恢复了他天蓬元帅的职位。

官复原职的八戒踌躇满志，十分得意。当时碰上猪年，为了庆贺这“双喜临门”，于是他大开筵席，宴请亲朋好友，共动用了八百八十八万元动物币搞了一个酒海肉山大宴。昔日的同僚见他如此奢华，惊讶地问：“过去我们同在天庭供职，尚未见你这么阔气，今天何故如此破费？”八戒大笑道：“今非昔比，我八戒发了。哈哈，发发发……”

八戒正喝得一塌糊涂时，高老庄一个穷人来向他借钱，说他的孙儿尚欠一百元动物币缴交学费。猪八戒坦然说：“没钱。”

穷人愤愤地说：“你能动用八百八十八万元动物币办筵席，我只向你借一百元动物币，何故不给？”

猪八戒只得讲了实话：“实不相瞒：筵席嘛，动用的是公款；借钱嘛，则是私囊出呵！”

穷人顿时现出原形——原来他是孙悟空。好大圣，抡起金箍棒，把酒席打得稀巴烂。

猪八戒羞得无地自容，向玉帝做了严肃的检讨，并用自己的工资收入对公款吃喝做了赔偿，递交了《廉洁自律保证书》。玉帝见他态度诚恳，确有改悔之心，在批评教育之余，交给群众监督。

猪八戒过猪年二

1

时间过得真快，又一个猪年来临了。有记者采访猪八戒。

记者：八戒先生，宣传媒介说您将在猪年改为猪八八，也就是猪发发，将办大公司发大财变大款。有此事吗?

八戒：纯属谣传！我堂堂大丈夫行不改名，坐不改姓；况且，我已决心洗心革面，弃旧图新，绝不是利欲熏心的人了。

记者：圣人说名正则言顺，请问何谓“八戒”？

八戒：不怕你笑话，现在都21世纪了，我也要跟上时代新潮流：一戒黄二戒赌三戒毒，黄赌毒三害，国家明令严禁取缔，不必赘言；四戒懒五戒奢六戒骄，勤劳、俭朴、谦虚乃中华民族之美德，今天还得发扬光大；七戒贪，反贪反腐，保持廉洁；第八戒是戒假！假话、假货、假成绩，都在扫除之列，戒假、防假、打假，任重而道远啊。

2

猪八戒成为猪年风云人物，身价陡增万倍。只见贿赂送礼者络绎不绝，踏破门槛。看，有送彩电冰箱的，有送汽车洋房的，有送大红包金项链的……猪八戒是来者不拒，多多益善。

一夜之间，猪八戒成为天下首富。

于是天下哗然。玉帝闻之大怒，正要兴师问

罪，只见四面八方，小孩子敲锣打鼓，兴高采烈地向“猪叔叔”拜年。玉帝正纳闷间，忽见使者来报：猪八戒已把全部受礼钱物，捐赠给希望工程，筹建了十万八千间中小学，使失学青少年均有入学读书机会……

玉帝笑道：“真想不到这傻头笨脑的呆小子，居然为人间做了一件好事！”

3

猪八戒备了厚礼，到阔别多年的高老庄探望岳父岳母。为了享受一下人类的物质文明，他不腾云驾雾，却搭乘专机前往。

下了飞机舷梯，八戒愣了：昔日的竹篱茅舍哪里去了？映入眼帘的，古老的牌坊变成了金碧辉煌的“高老庄市”四个大字。放眼远眺，高楼大厦拔地而起，宽广的大街车水马龙人流如潮。听，厂房林立机器轰鸣……繁荣豪华气派，比富丽堂皇的天堂还强百倍啊。

八戒问身旁一个老人：“请问大伯，莫非我走错路，碰到人间仙景了？”

老人答道：“没错。改革开放之后，山区变城市了。看，街心花园边那幢典雅壮观的楼房，就是你岳父的家。”

八戒心花怒放，赞叹道：“改革开放之后，农家变化真大啊。为构筑中国梦，实现中华民族的伟大复兴，我老猪也要加倍努力，可不能落后于时代呀。”

4

在高老庄市，八戒每天和乡亲父老饮宴游乐，日子过得好不快活。突然一老妪哭喊：“不好，我孩儿被妖怪捉去了。”八戒纳闷：清平世界，繁华市区，何来妖怪？忙束一束皂锦直裰，舞一下九齿钉耙，径跟老妪而去。到了花街柳巷，果见一团黑气，妖风四起。在那淫窟赌巢毒窝里，一班狗男女正干着狂嫖滥赌吸毒贩毒的罪恶勾当。黄、赌、毒三怪，得意地狞笑。

八戒见状大怒，喝道：“孽种，末日到了！”他们看到来了一个长嘴獠牙、刚鬃扇耳、肚大丑陋的肥猪，大笑道：“什么人发了猪癫风，乱吵乱嚷！”八戒叫道：“我是上界天蓬元帅，特来捉拿妖怪！”举起钉耙便打。那些被酒色掏空了身子的乌合之众，哪里是八戒的对手，只几个回合，就结束了黄、赌、毒三妖性命。八戒一看尸首，原来是黄白黑三只不同颜色的癞皮狗。

八戒得胜回朝，以为天下从此太平了，谁知一个魔鬼在三具僵尸上吹了一口魔气，僵尸又复活了，他们又到别处作恶干坏事了。八戒长叹一声说：“看来，扫除黄、赌、毒三妖，还得准备打持久战啊。”

附录

十二生肖的由来

什么叫“生肖”？肖，就是“像”的意思。原来古人以十二种动物来配十二地支，其后以为人生在某年就肖某物，如子年生的肖鼠，丑年生的肖牛，寅年生的肖虎……故称为“十二生肖”，也叫“十二属相”，即习惯说的子年生的属鼠，丑年生的属牛，寅年生的属虎……

中国是文明古国，有悠久的历史。早在尧舜时代，就已出现干支纪年法，而以十二种动物与地支对应，即子鼠、丑牛、寅虎……最早见于东汉。由此可知，十二生肖已有近二千年的历史了。

十二生肖起源于原始时代的动物崇拜。在原始社会生产力低下、认识自然能力极其有限的情况下，人对与自己生活息息相关的动物（如牛、马、羊等）产生一种依赖感，对危害自身安全的动物（如虎、蛇等）产生一种恐惧感，对某些人类想象中的神灵动物（如龙）产生崇敬感，导致产生对动物的崇拜。

十二生肖动物大致可分为三类：第一类是已被驯化的“六畜”，即牛、羊、马、猪、狗、鸡，它们是人类为了经济生活或其他目的而驯养的，占十二种动物的一半。在中国人的传统观念中，“六畜兴旺”代表财产富足、吉祥美好。第二类是野生动物中为人们所熟知的，与人类的日常社会生活有着密切关系的动物，它们是虎、兔、猴、鼠、蛇，其中有介入人类生活而为人们所敬畏的虎、蛇，也有为人们所厌恶、忌讳却依赖人类生存的鼠类，更有人们所喜爱的兔、猴。第三类是中国人传统的象征性吉祥物——龙。龙是中华民族的象征，是集许多动物的特性于一体的“人造物”，是人们想象中的“灵物”。龙代表富贵吉祥，是最具象征色彩的吉祥动物，因此生肖中更少不了龙的位置。

关于十二生肖的由来，现在基本上有三种不同的说法：

第一种是“民族文化融合说”。汉代以前，中原地区的华夏族仅有十二地支纪年法，而西北部的游牧民族，则长期使用动物纪年法。后来，中华民族文化大融合，产生了十二生肖。

第二种是“动物图腾崇拜说”。华夏民族在原始图腾崇拜的影响下，以十二种动物的名称配合抽象的十二地支，创造出十二生肖。

第三种认为是“外国舶来品”。据说中国的十二生肖是从印度传来的，在十二种动物中，除第三个（印度是狮子，中国是老虎）、第十个（印度是金翅鸟，中国是鸡）不同外，其余的都相同，而且排列也一样。

三种说法虽然各有根据，但是我们不能孤立地看问题，因为各民族在长期的接触和交往中，自然互相影响，互通有无，互为学习，因此，与其说是某民族的独自创造，不如说是各民族的共同创造。十二生肖，是东方各民族共享的宝贵的文化财富。

十二生肖趣谈

“爆竹一声除旧，桃符万户更新”。每当年末岁首，“生肖”便成为人们闲侃的热门话题。以十二种动物配十二个时辰，形成十二属相，是中国古代留传下来的习俗，说起来颇有情趣。

子鼠　据说天地生于子时（23点—1点），宇宙生成之初，像个密不透风的大圆球，没有缝隙，被老鼠一咬，出现破隙。由于老鼠有打开天体的神通，所以子时属鼠。

丑牛　老鼠打开天体之后，牛最早出来耕耘大地，于是丑时（1点—3点）就属牛。

寅虎　寅时（3点—5点）老虎出来寻食，寅有敬畏之意，人怕老虎，寅时就属虎了。

卯兔　卯时（5点—7点）月亮快要下山天将要亮，而月亮在空中有“玉兔”，于是卯时就属兔了。

辰龙　传说辰时（7点—9点）正是群龙行云降雨的时间，这对庄稼是及时雨，所以辰时属龙。

巳蛇　据说巳时（9点—11点）蛇不在人行的路上游动，不会伤人，所以巳时属蛇。

午马　午时（11点—13点）阳气到了极限，马属“阳类动物”，所以午时属马。

未羊　传说羊吃了未时（13点—15点）的草，不影响草的再生，未时就属羊了。

申猴　申时（15点—17点）傍晚将近，猿猴又要叫了。申有“伸”的意思，而猴子最善于伸屈攀登，申时就属猴了。

酉鸡　酉时（17点—19点）鸡开始归窝，月亮快出来了，所以酉时属鸡。

戌狗　戌时（19点—21点）天逐渐黑了，狗开始看家，望门守夜，所以戌时就属狗。

亥猪　亥时（21点—23点）万物寂静，天地混沌，而猪和天地混沌在一起，除吃睡外一无所知，亥时就属猪。

十二生肖的排列，就像戏剧的人物表一样，是以出场先后为序的。

有人为龙、虎等的排名鸣不平，说以龙之神灵、虎之威猛，竟屈居鼠之下，这不有悖于常理吗？其实，排名前后并不说明其地位的重要与否，就如演戏兵卒最先登场，其后皇帝才现身，这能说明兵卒比皇帝地位重要吗？

还有，与人们关系密切的猫为何缺席？其实中国远古还没有猫。现在吃老鼠的猫，其故乡在非洲苏丹，后传入埃及，中国现在的家猫是从国外引进来的。

浙江莫干山十二生肖公园，以十二地支对十二种动物，此楹联虽简单亦饶有兴味：

子丑寅卯辰巳午未申酉戌亥
鼠牛虎兔龙蛇马羊猴鸡狗猪

1984年初，邵燕祥为《人民日报》写了一篇随笔《老鼠与新春》，借岁月与生肖的关系指出我们办一切事情都应当实事求是，而不应“硬编些悦耳动听的话儿来”，并题写了一副对联：

未有吉言托老鼠
敢将套话贺新春

《诗经》有名篇《硕鼠》，痛骂奴隶主不劳而获；今天的腐败分子和贪官也是硕鼠，人们恨之入骨。曹中庆曾用对比手法撰一联，一贬一褒观点何其鲜明：

咬牙恨硕鼠，损人肥己，竟安安逸逸逍遥法外
立志学雄鹰，斗雨迎风，更奋奋腾腾搏击云间

老鼠是可做一切实验的小动物，从医院、侦察到太空，据说每年用于科研和工业实验的老鼠达四亿只。如此看来，人人喊打的老鼠却是科学实验的

“朋友”，有人撰联曰：

猪岁捷报捷传，各个领域旗开得胜
鼠年大吉大利，一切试验马到成功

鲁迅说牛“吃的是草，挤出的是牛奶”，牛，是无私奉献的象征。他老人家曾抒发出“横眉冷对千夫指，俯首甘为孺子牛”的千古名句。今天，“老黄牛精神”激励着千千万万志士拼搏奋进。童第周曾撰一联，表达了他为科学献身的高风亮节：

愿效老牛
为国捐躯

学牛，很好；吹牛，就不好了。而“拍马”更令人厌恶，有人曾撰联以表心志：

喜马，爱马，从来未拍马
学牛，育牛，一向不吹牛

对联有多种修辞手法，嵌字是其中之一。嵌字联有嵌入人名、地名、店名等，如运用得好，可给人一种美的享受。下面让我们欣赏一副以“牛”“马”嵌字的生肖联：

牛犇，“牛百岁”，牛得草，牛年同唱《春牛曲》
马季，“马大哈”，马识途，马氏共演《落马湖》

上联的牛犇，电影演员；“牛百岁”，指饰演“牛百岁”的梁正刚；牛得草，豫剧演员。安徽电视台牛年春节举办了以《春牛曲》为名的春牛晚会，由他们三个主持。下联的马季，相声演员；“马大哈”，是早年相声《买猴儿》表演者的绰号；马识途，是作家。这副对联嵌入人名和剧目作品名八个，而且对偶工整，平仄协调，实属罕见。

辞别牛年是虎年。人们常把牛、虎入联，以表达美好的愿望，如闻楚卿撰写的春联：

牛耕绿野千仓满
虎啸青山万木春

又如袁万祥撰写的春联，比喻十分精当：

迎虎岁英勇当似下山虎
辞牛年踏实应如老黄牛

青年人朝气蓬勃，常以“虎虎有生气”形容；改革开放以来，我国力强盛，国威大振，有如日照大地，烈火熊熊，有人撰联曰：

春到人间，虎虎有生气
日煊赤县，熊熊炳国威

伊索寓言《龟兔赛跑》，大家耳熟能详。李学锐撰写的对联哲理性很强，耐人寻味：

兔年来矣，劝君记取龟兔教训
虎岁过罢，祝你发扬龙虎精神

然而兔子美丽可爱，毕竟很讨人喜欢，按生肖排列兔在虎之后，潘佛章撰写的对联是：

玉兔机灵承虎猛
金乌活跃显狮威

“玉兔”对“金乌”（太阳的别称，神话传说太阳有三足乌，故名），可谓天衣无缝。此联妙处，更在于“承虎猛”对“显狮威”，把其各自的特点画龙点睛地凸现出来。

对虎而言，兔是弱者。然而兔善跑，在强者面前也有骄人之处。常江撰写的对联说得好：

虎走三关鸡报晓
兔奔九域鹿鸣春

龙是吉祥的象征。生肖入联，恐怕以龙为最多。人们常以成绩卓著比拟英雄豪杰。韶山滴水洞有一副楹联，气势磅礴：

虎啸风声远
龙腾海浪高

此联虽然只有寥寥十个字，但字字千钧，特别是“远”和

“高”，博大精深，不同凡响，令人玩味无穷，真是言简意赅韵味长。

1987年春节，吕佩浩为中国国际广播电台华侨部撰写的对联，以“金龙”“玉凤”作比兴，表达了中国人民和华侨同胞的共同心声：

金龙跃起，施甘露，神州年年昌盛
玉凤腾飞，舞祥云，世界岁岁和平

龙也好虎也好，其毕竟是比拟之物；在特定环境下，龙虎也会代表恶势力。毛泽东词《清平乐·六盘山》说：“今日长缨在手，何时缚住苍龙？”这“苍龙”就是反动派。因此，我们要敢于斗争，有一副对联说得好：

唯大英雄能伏虎
是真俊杰乃降龙

至于蛇，人们怎样看呢？且让我们欣赏：

出常山而雄岁月
腾大泽以壮神州

这是李林根撰写的，把蛇描绘得何等雄壮！“常山蛇”，喻一种用兵阵法；“腾蛇”是传说的一种神蛇；古人说“深山大泽，实生龙蛇”。

为了生态平衡，我们对蛇要加以保护；刘人寿撰写一联告诫人们：

历史昭彰，不宜挖洞寻蛇打

春光明媚，正好吹箫引凤来

况且，人们对蛇还寄予厚望，且看这联：

十亿喁喁，但愿蛇年能治鼠

九州穆穆，何愁龙种会成虫

这“鼠”，既指自然之鼠，也喻社会之“鼠”（如贪官、坏人）。喁喁，形容众人向慕之状；穆穆，形容仪表美好，举止端庄。

“托物喻志”，这是对联的常见手法。清朝嘉庆年间有个穷秀才，撰了一副马棚联，借马喻己，表达自己的高洁情操：

马骨崚嶒，吃豆吃麸兼吃草

车草历碌，拉人拉贤不拉钱

革命烈士方志敏的自题联是：

云龙搏浪飞三级

天马行空载五华

当年，方志敏被捕后，蒋介石出价：只要他在报纸上登一则脱离共产党的告示，就可以当国民党江西省主席。他的回答是：“头颅可以断，信仰不可移，气节决不丢。”

国民党元老黄兴赠黄之秀的对联是：

当风纵怒马
跨海屠神鲸

敢于“纵怒马”“屠神鲸”，绝非等闲之辈，在推翻清皇朝的斗争中，他们实践了自己的豪言。

1991年羊城晚报举办“羊年春节征联”活动，符明彰撰写的对联独占鳌头：

羊笔如花，写就辉煌岁月
春风似剪，裁成锦绣江山

此联充满诗情画意，上下联的比喻新奇贴切，用语生动形象，极富美感。

刘人寿撰写了一副《戏题羊年春联》，对某些不良社会现象进行有力鞭挞，真是振聋发聩，让人在谐趣中得到教益：

羊岁来临，岂可挂羊头卖狗肉？
马年过去，再莫拍马屁吹牛皮！

民间流传一副趣对，上联两个“羊”字和四个“山”字，对下联两个“牛”字和四个“水”字，末尾都用象声词，令人耳目一新：

山羊上山，山碰山羊角，咩……

水牛下水，水淹水牛鼻，晻……

毛泽东一言九鼎，他在《七律·和郭沫若同志》诗中写下气壮山河的联语：

金猴奋起千钧棒

玉宇澄清万里埃

金猴指孙悟空；千钧棒，极言兵器之重；玉宇指宇宙、社会；埃，肮脏的尘埃。后来以金猴为题意的对联很多，如：

大鹏展翅，蓬雀心惊

金猴骋目，魑魅难藏

大鹏，喻胸怀大志的豪杰；蓬雀，喻目光短浅的小人；魑魅，原指山林妖怪，泛指坏人。

辞别猴年是鸡年，因此以猴鸡并列抒情述志的佳联很多，如：

金猴举棒，驱走千年习俗

雄鸡报晓，迎来一代新风

1993年羊城晚报举办鸡年春节征联活动，周理仁的对联荣获一等奖：

追小虎，赶小龙，闻鸡起舞
接新春，迎新政，有凤来仪

此联以追赶珠三角四小虎、亚洲四小龙的豪情壮志，运用祖逖闻鸡起舞的故事、凤凰来仪的神话，唱出了宏亮的时代强音，读来自然流畅，节奏鲜明。

林则徐作的对联很有趣：

鸭母无鞋空洗脚
鸡公有髻不梳头

据说，有一天私塾先生以水中鸭出对，林则徐即以公鸡对成此巧联，真是聪慧之至。

狗本来是人类的好朋友，由于某种原因，狗在人们心目中形象不佳，狗入联往往是戏谑之作，狗（犬）成为嘲讽的对象。如：

小犬无知嫌路窄
大鹏有志恨天低

据传明代曹尚书到江西吉水，听说神童解缙能诗善对，有意奚落他，关了大门，让他走偏门而进，并出上联，欲难之；解缙不卑不亢，念出下联对句，曹尚书一听，暗暗称妙。

让我们再欣赏一副有趣的名联：

谁谓犬能欺得虎？

焉知鱼不化为龙！

明朝时，官至礼部尚书的邱濬，在他年幼上学时，一天因雨漏湿座位，先生把干位子给他未给富豪之子。富豪大怒口出上联，邱濬不退让，反问一句，呛得富豪哑口无言。

说到猪，养猪致富，望子成龙，这是人们的一种美好愿望。有一副对联表达得好：

春新猪似象

家旺子成龙

而更多的以猪为题意的春联，充满吉祥喜庆气氛，诸如：

迎猪年，春至福临，生机勃勃

送犬岁，莺歌燕舞，喜气洋洋

别看猪在十二生肖中排末位，但却在六畜中排首位，有人撰联说：

六畜猪为首

一年春占先

最后，让我们欣赏一副灯谜联：

春夏秋冬莫问，无食哼哼

东西南北不辨，有吃嗒嗒

聪明的读者一望即晓，谜底不难猜到：这是猪！

后记

教师的天职是教书育人。退休后也搞点“写书育人”，何乐而不为?

——题记

我长期从事中学语文教学工作，节假日或业余时间，人家去探亲旅游，或玩卡拉OK，或“筑长城”，我则乐于爬爬格子，为青少年学生，也为大人写点东西，于是我便与儿童文学结下不解之缘。

这个集子包括十二生肖系列寓言故事一百四十四篇、寓言诗十二首、歌谣一首、附录三篇。这些系列寓言，就是用同一种寓言形象，编写成不同题意的多个相关的寓言故事。每个寓言独立存在，但每个寓言都 有相同的人物或一个承前启后的话题。

名家说：寓言，是文艺园林的智慧之果。传说，天上的瑶池畔长有一棵智慧树，树上结满五光十色的智慧果。谁吃了它，顿觉神清气爽，耳聪目明，能辨天下是非，能识人间美丑。笔者禀性愚钝，资质平平，恐怕难达此境界。但我写作态度严谨，每篇故事都反复推敲，呕心沥血，一丝不苟，做到以勤补拙，力求精益求精，我觉得这是对读者应负的责任。

生肖故事其实质就是人生故事。正如人性存在美和丑一样，动物的“兽性”，也存在着善和恶的一面。我对十二生肖的每种动物，都有褒有贬。最令人憎恶的老鼠，也有其聪明、活泼、可爱的一面，当老鼠成为警鼠时，也能破案立功，做出贡献；最让人崇拜的龙虎也有其凶狠、残暴、邪恶的一面，因此人们便要“降龙伏虎”。蛇的名声够坏的了，它诱骗亚当夏娃偷吃禁果，但上帝后来却为它平反……当然，说到底，生肖故事都是人类生活艺术的集中反映罢了。

我的寓言，小部分是在职时利用业余时间写的，大部分是退休后写的，时间跨越长达三十多个春秋。退休后我受县委、县政府的聘用，编辑县地方志、地方旅游志、地方党史等书。现在已年近八旬，如果上帝允许（给予健康与生命），我还会继续写的。是什么力量支撑我“笔耕不辍”呢？一是童心。我垂垂老矣，然童心未泯，对什么都感兴趣，觉得新奇。二是“好玩”。著名作家张驰说其写作是以“玩”为主，不会成为写作的奴隶；“中国语言学之父”赵元任说他研究语言学是为了“好玩儿”；大艺术家黄永玉说：我的艺术创作全为快乐……好玩者，不是功利主义，不是沽名钓誉，更不是哗众取宠。有了这种心态，才能甘于寂寞，不为成败得失所动，扎扎实实地干出点成绩来。三是为小朋友也为大朋友奉献一点精神粮食以尽我绵薄之力。

当然，作品毕竟是给人看的，丝毫马虎不得，写作又是极其严肃的事。既“好玩”，又严肃，这是一个事物的两个方面，既矛盾，又统一。在职期间，我力倡的“快乐作文”教学法，向来最受学生欢迎，学生写作能力提高很快，这便是明证。

知识性、哲理性、趣味性和可读性，是我努力追求的艺术目标。这个集子里的一百多篇寓言故事，有的可能达到了，有的可能未达到。

此书主要是写给小朋友看的；大朋友茶余饭后，何妨也学学鲁迅的“随便翻翻”，看来亦可解颐一笑。小朋友和大朋友，如果能在读了这些故事之后，觉得尚且有趣，甚至有所启迪教益，则是作者莫大的造化了。

承蒙广东省作协副主席李国伟先生、肇庆市作协主席钟道宇先生和德庆县文联文友诸君的大力支持和帮助，使这本书稿得以面世，在此一并致以衷心的感谢！